RIO: ZONA DE GUERRA

LEO LOPES

RIO
ZONA DE GUERRA

Copyright ©2014 Leo Lopes

Todos os direitos desta edição reservados à AVEC Editora

Nenhuma parte desta publicação poderá ser reproduzida, seja por meios mecânicos, eletrônicos ou em cópia reprográfica, sem a autorização prévia da editora.

Editor: *Artur Vecchi*

Projeto gráfico e diagramação: *Roberto Hasselmann*

Ilustração de capa: *Diego Cunha*

Revisão: *Miriam Machado*

Dados Internacionais de catalogação na Publicação (CIP)

(Câmara Brasileira do Livro, SP, Brasil)

L864r	Lopes, Leo
	Rio: zona de guerra / Leo Lopes. – Porto Alegre: AVEC Editora, 2014.
	ISBN 978-85-67901-00-8
	1. Literatura brasileira. 2. Ficção Polícial. 3 Ficção Cientifica . I. Título.
	CDU 869.0(81)

Ficha catalográfica elaborada por Rosângela Broch Veiga – CRB 10/1734

1ª edição, 2014

Impresso no Brasil/ Printed in Brazil

AVEC Editora

Caixa Postal 7501

CEP 90430-970 – Porto Alegre – RS

contato@aveceditora.com.br

www.aveceditora.com.br

Twitter: @avec_editora

Para meus pais, Carlos Alberto e Maria do Carmo, incentivadores e exemplos que levarei dentro de mim por toda a vida. Devo a vocês tudo o que sou e tudo aquilo que não sou.

E para Fernanda, minha mulher, que me empresta sua inexplicável força todos os dias e que acredita em mim, mesmo quando eu não consigo fazê-lo. A ela dedico não só este livro, mas cada momento meu.

1

As rodinhas cantavam uma nota aguda enquanto Sebastião deslizava em sua cadeira pelo chão de mármore sintético da portaria.

A madrugada era o seu horário preferido de trabalho. Quase ninguém circulava pelas dependências do luxuoso edifício, e ele sentia-se como o dono do lugar. Todos aqueles elevadores, geradores, máquinas, portas, alarmes, tudo sob seu comando, ou melhor, sob o comando de sua mesa de porteiro, cheia de luzes e sensores.

Sebastião estivera muito feliz durante toda a semana. Havia recebido a notícia de que o velho Pedro se aposentaria em breve. Certamente, o cargo vago de porteiro chefe seria seu. Já podia ver claramente o apartamento funcional na área de serviço decorado com suas coisas, as roupas no pequeno armário da suíte, o pequeno holovisor que conseguira comprar com tanto esforço e o rodízio de empregadas gostosas na cama de casal que desdobrava automaticamente de dentro da parede. Mas ansiava especialmente pela cara de espanto dos seus conhecidos quando soubessem que ele mudaria para dentro da Fronteira.

Morava na Zona de Guerra desde que nascera, mais precisamente em Jacarepaguá, e sabia que nunca tivera as qualidades necessárias para se sobressair por lá. Enquanto todas as crianças brincavam com suas armas de madeira, ele apenas olhava para os muros da Fronteira e imaginava como seria a vida do lado de dentro. Quando entrou na adolescência, nenhuma das gangues o quis como membro e talvez isso tenha sido sua salvação. Era um dos poucos sobreviventes do numeroso grupo de crianças que morava em sua rua. A maioria morrera ainda na adolescência, lutando na estúpida guerra por território ou enfrentando as Polícias Corporativas nas constantes tentativas de invasão à Barra da Tijuca. Mas ele não. Ele tinha planos.

Finalmente, podia colher os frutos do que tinha plantado: um passe de residente, ainda que valesse apenas enquanto fosse funcionário do prédio e, por extensão, da megacorporação dona dele. Esperava nunca mais ter que passar pelo constrangimento da revista na Fronteira, o tom acusador dos policiais corporativos por detrás de seus capacetes e o deboche das pessoas em sua rua, toda vez que ele saía para trabalhar.

— Puxa-saco de corporativos, não é? — pensou — Eles vão ver. Vão todos morrer crivados de balas naquele esgoto que é a Zona de Guerra.

Ele imitou o barulho e o gesto de uma escopeta sendo engatilhada e apontou contra o próprio reflexo quando a cadeira parou perto dos plastvidros que separavam a portaria do mundo lá fora.

— Ca-bum — fez o som do disparo inflando bem as bochechas e começou a rir de maneira descontrolada. Imaginava sua vizinha gorda voando por cima de uma mesa de centro qualquer enquanto uma enorme mancha vermelha era formada numa parede.

Com os olhos transbordando de lágrimas, ele resolveu respirar um pouco de ar fresco. Levantou e colocou a mão sobre o painel em sua mesa, ativando o sensor que identificava as suas impressões digitais e DNA. A voz digital, criada para parecer feminina, porém pouco convincente, pediu o reconhecimento vocal. Ele teve que repetir o processo duas vezes porque a cena da vizinha continuava voltando à sua mente e gerando novas crises de riso. Quando finalmente conseguiu recompor-se, o sistema o reconheceu e as portas se escancararam, deixando entrar a brisa morna que vinha do lado de fora.

— Que calor filho da puta. E esses babacas desses ativistas reclamando dos estragos que a nova climatização artificial está fazendo no meio ambiente! Foda-se o meio ambiente — pensou em voz alta dessa vez, saindo do prédio e lembrando-se de uma notícia que tinha visto em seu pequeno holovisor naquela manhã.

Aproximou-se de um flutuador, displicentemente estacionado em local proibido, e virou-se para observar o "seu" prédio. Pensou na empregada gostosa do 503 e como ela sempre esnobava suas tentativas de aproximação. Logo, logo, ela poderia ser uma das felizardas a experimentar sua nova cama embutida. Ficou excitado imaginando os peitos enormes da mulata pulando enquanto ela cavalgava sobre ele. Apertou o pênis por cima da calça social escura e emitiu um chiado longo, sugando o ar por entre os dentes.

Imerso em seus pensamentos, Sebastião foi pego de surpresa pelo estrondo e estilhaços de plastvidro que atingiram a parte de trás de seu corpo. Completamente encolhido pelo susto, cambaleou para frente e esperou que o alarme do flutuador parasse de emitir o uivo renitente que parecia perfurar seu cérebro.

Quando percebeu que o alarme não pararia por si só, criou coragem e virou-se. Uma mulher jazia sobre o que restava do teto do elegante flutuador último tipo. Ela estava afundada sobre o teto, algumas partes do corpo tão mescladas à superfície lustrosa do veículo que pareciam ter sido fabricadas junto com ele.

O que mais chocou Sebastião não foi a nudez da mulher, nem o sangue que escorria de sua boca e se empoçava sobre o material plástico deformado, nem o fato de estar calçando sapatos de salto altíssimo, nem a posição impossível em que o corpo ficou, com as pernas viradas para um lado e o tronco para o outro. O que mais chocou o porteiro foi ela estar de olhos abertos, e o azul profundo daqueles olhos ainda parecer emanar vida, mesmo que ele tivesse certeza de que ela estava morta.

Ficou parado ali por vários minutos. Perdido. Sem saber o que fazer. O barulho do alarme foi se distanciando em sua mente até que ele parou de escutá-lo. A imagem da mulher à sua frente era tão arrebatadora que nada mais no mundo existia para ele. Só o grito da irritante moradora do primeiro andar, que tinha vindo até a varanda para reclamar do barulho que a acordara, conseguiu se sobrepor ao som do alarme, fazendo com que voltasse a si e, finalmente, reconhecesse quem tinha atrapalhado sua madrugada perfeita.

— Caralho, é a gostosa do 4001! Caralho, minha promoção!

2

Carlos Freitas estava voltando do mercado. Comia uma maçã enquanto andava calmamente pelas ruas do Méier. Adorava maçãs. O gosto, a textura e o barulho que faziam quando ele as mordia. O saco de papel que carregava junto ao corpo estava cheio delas.

As ruas estavam desertas àquela hora. Todos sabiam que era suicídio andar sozinho pela Zona de Guerra depois das oito horas da noite. Freitas não se preocupava com isso. Ele conhecia o Méier como a palma de sua mão e o Méier o conhecia também. Não seria incomodado. Em todo caso, sua Princesa estava ali para protegê-lo.

Atravessou uma antiga avenida principal sem olhar para nenhum dos dois lados. Não existiam flutuadores com os quais se preocupar. Os únicos que poderiam aparecer eram os das polícias corporativas, e fazia muito tempo que nenhuma das megacorporações tinha coragem de enviar um veículo tão longe dos muros da Fronteira. Mesmo com toda a tecnologia e armamentos, nem os mais pesados eram páreo para as investidas das gangues em seu próprio território. Quando algum destacamento de uma das polícias corporativas era percebido longe o suficiente da Fronteira, um acordo sem palavras era selado e só acabava quando a horda de homens e mulheres que atacava tivesse eliminado completamente os invasores. Então, como bandos de hienas que lutam pelas carcaças das presas, as gangues rivais começavam a disputa pelas peças que tinham ficado inteiras. Era tudo o que importava na Zona de Guerra: superioridade tecnológica e poder de fogo.

Um lenço deixou o bolso traseiro da calça de Freitas e foi usado para secar o suor que escorria por seu rosto.

— O calor continua aumentando — pensou. Imaginou as manchas de suor que deviam estar se formando sob seus braços, por baixo do paletó amarrotado. Resolveu conferir levantando o braço que segurava a maçã e levando o rosto de encontro à axila direita. É, estava fedendo.

Enquanto passava perto da escultura de um leão que havia perdido a cabeça num tiroteio, muitos anos atrás, arremessou o que havia restado da maçã sobre um monte de lixo que se formara numa esquina. Alguns ratos enormes passaram a degustar a nova guloseima.

Parou em frente à porta de uma loja com aspecto sujo. Não havia nenhum letreiro que identificasse o propósito do local. A verdade era que, por fora, aquele lugar não parecia diferente das milhares de lojas abandonadas espalhadas pela Zona de Guerra, mas o que se vendia ali Freitas sabia não poder comprar em muitos outros lugares.

Deu três batidas. Esperou um pouco e bateu uma quarta vez. A porta era do tipo que se divide na metade, podendo ser usada como um balcão improvisado. A metade de cima se abriu lentamente e as dobradiças reclamaram com um gemido de serem tiradas do repouso.

— Aahhhh! O detetive.

O homem abriu um sorriso quando disse essas palavras. Seus dentes eram bem formados e extremamente brancos, contrastando de forma violenta com os lábios fartos e a pele negra. Ocupava completamente o espaço de um lado ao outro da porta com o corpo musculoso e teve que apoiar os cotovelos no pequeno balcão para que sua cabeça alcançasse o lado de fora. Ele manteve o sorriso enquanto Freitas procurava algo no bolso direito de seu paletó.

—Como vai, Branquinho? Eu quero a parte de política, a policial

e uma senha para colocar um anúncio do meu escritório.
Freitas jogou seu pequeno Banco Pessoal de Memória sobre o balcão.

Depois de tantos anos, não se acostumara ainda com o BPM e vivia perdendo-o dentro dos bolsos, mas não podia negar que era muito útil. Um pouco maior que seu dedão, era, na verdade, um composto eletrônico avançado que armazenava todas as informações bancárias, de identificação e biológicas do usuário, além de poder ser usado como banco de dados. Supostamente, todo cidadão devia possuir apenas um, mas conhecia diversas pessoas de fora da Fronteira que tinham vários, inclusive com identidades diferentes.

O negro conectou o BPM a um terminal na parede e digitou uma série de instruções num teclado que parecia uma peça de museu. Os dados dos noticiários foram transferidos com sucesso para a memória do pequeno objeto. Quando terminou, conectou o aparelho de Freitas ao seu próprio BPM e ordenou uma transferência de crédito. Esticou o conjunto para Freitas, que colocou seu polegar sobre ele. Reconhecendo a digital e o DNA de seu dono, o BPM autorizou a transação.

— Quinze créditos?!? — exclamou Freitas, conferindo o valor da transferência no minúsculo visor — Deve ser por isso que você está sempre rindo.

— É o preço que se paga pelas notícias que só vão estar disponíveis na rede amanhã — Branquinho alargou ainda mais seu sorriso.

Ele já estava se virando para ir embora quando a expressão do negro se transformou numa mistura cômica de súplica e antecipação.

— Detetive, você não teria coragem de ir embora sem me deixar ver a sua Princesa, não é?

Freitas soltou um suspiro, colocou cuidadosamente o saco de maçãs no pequeno balcão e levou a mão direita para baixo da axila esquerda. A arma saiu sem nenhuma resistência de dentro do coldre escondido sob o paletó.

— Ohhhhh. Uma Pacificadora 3000 — disse Branquinho, enquanto retirava delicadamente a arma da mão de Freitas —

Adequação a vários calibres. Regulagem de um a três projéteis por tiro. Reconhecimento de comando de voz. Amortecimento de coice por ar comprimido. Peso ideal. Design ideal. Uma verdadeira obra de arte em armamento.

Nesse ponto, Branquinho empunhava a enorme pistola apontada para a cabeça de Freitas.

— Você sempre esquece duas coisas — falou Freitas, num tom entediado.

Branquinho puxou o gatilho diversas vezes — click, click, click, click — sem nenhum resultado. Freitas deixou que ele terminasse o espetáculo que tanto apreciava.

— Reconhecimento do usuário por impressões digitais e DNA — disse o negro. E voltou a mostrar os dentes, dessa vez numa lauta gargalhada.

Freitas tomou a pistola das mãos do velho conhecido e a devolveu ao aconchego da axila esquerda. Deu um sorriso sem dizer nada, antes de virar-se para continuar seu caminho.

— Que a força esteja com você, detetive — gritou Branquinho, meio que ainda rindo.

— Não sei quem é mais louco, você ou eu.

O detetive foi tomado por um sentimento súbito de nostalgia. Lembrou-se da arma lhe sendo entregue no primeiro dia da academia de polícia da corporação em que trabalhara. Quando a empunhara era como se tivesse reencontrado uma parte que sempre faltara na extremidade de seu braço. Perdera a conta de quantas vezes aquela pistola, já considerada ultrapassada, salvara sua vida.

Depois de alguns meses de teste, os corporativos chegaram à conclusão de que uma arma que reconhecia seu dono era ruim para os negócios. Elas não podiam ser roubadas nem usadas pelos inimigos depois que seus senhores tombavam mortos e, se não passavam para novas mãos, novas unidades nunca eram encomendadas. As vendas das armas eram muito baixas, exatamente por conta de sua qualidade e preço superiores.

Freitas teve que usar os serviços de um amigo que trabalhava no controle dos estoques de armamentos da corporação para continuar na posse da sua, quando começaram os boatos de que as armas seriam recolhidas. Uma pequena fraude com números em alguns arquivos do sistema, para evitar uma separação dolorosa, não faria mal a ninguém. Ele já não podia imaginar o dia a dia nas ruas sem a companhia de sua Princesa. Voltando ao presente, ele sorriu e deu dois tapinhas na velha amiga por cima do paletó.

Após mais alguns minutos de caminhada, aproximou-se da esquina de sua rua. Fez uma nota mental de que precisava retomar os exercícios. O curto percurso até o mercado estava começando a deixá-lo sem fôlego e tinha notado um aumento significativo de sua barriga. Já perdera duas calças até aquele momento.

Assim que contornou a esquina, desviando-se de mais um aglomerado de lixo e de um sofá apodrecido, notou que alguma coisa estava errada. A rua estava repleta de gente. Homens, mulheres e crianças em suas roupas de dormir corriam em direção a um aglomerado de pessoas em frente ao seu prédio. Imaginou se alguma gangue teria apagado alguém conhecido. Esperava que não. Mesmo sendo respeitado no bairro e nas ruas, não gostaria de comprar briga com nenhum dos líderes que atuavam naquela área.

Com algum esforço, conseguiu abrir caminho até o meio do círculo de pessoas e o que viu o espantou mais do que qualquer corpo de vizinho poderia ter feito. Um flutuador Ferrari 1075M Maranello conversível estava estacionado bem em frente à sua portaria. Freitas olhou o vermelho vivo do veículo e viu seu próprio reflexo no material sintético impecavelmente polido.

— É de deixar qualquer um maluco, hein, Freitas? — disse um senhor sem camisa e calças de pijama quadriculadas, que Freitas reconheceu como o vizinho do andar de cima. Aquele que tinha o hábito de tocar tuba aos sábados, bem cedo pela manhã.

— Maluco é o cara que traz uma máquina dessas pra esta vizinhança. Esse flutuador devia estar, pelo menos, uns cinco quilômetros pra dentro da Fronteira. Aí, quem sabe, ele estaria salvo dos garotos das gangues.

Freitas abriu caminho pela multidão novamente e alcançou a entrada da portaria. Antes de sumir dentro do saguão, deu uma nova olhada no flutuador e guardou a hora na cabeça. Ele não dava mais quinze minutos para que estivesse completamente depenado.

Seu prédio era uma construção antiga de oito andares. Os elevadores não funcionavam há, pelo menos, trinta anos e a única mobília que restara no saguão estreito e comprido era a pesada mesa da portaria. Os únicos motivos para que aquela incrível peça de puro mogno continuasse intocada eram porque estava crivada de buracos de bala e tinha uma mancha amarronzada de sangue, irremovível, mesmo pela dedicada velhinha do 104. Depois do destino trágico do último porteiro, os moradores resolveram gastar alguns créditos e mandaram instalar o plastvidro à prova de projéteis nas portas externas. Mesmo assim, nenhum outro porteiro voltou a trabalhar naquele posto.

Freitas subiu o primeiro lance das escadas de dois em dois degraus. Ficou sem fôlego e parou no primeiro andar para respirar. Estava decidido, retomaria os exercícios na segunda .

Quando finalmente alcançou o terceiro andar do pequeno prédio, virou para a esquerda no estreito corredor e se dirigiu para o 304.

Conhecendo aquele lugar há tantos anos, percebeu o perigo antes mesmo de chegar à metade do caminho. Podia ser conhecido e respeitado na sua área, mas não era louco de deixar a porta destrancada, tampouco entreaberta.

Antes que o saco de maçãs atingisse o carpete encardido, ele já estava com as costas contra a parede, arma em punho. Sentindo a pressão dos dedos de seu dono, a Pacificadora 3000 ativou-se automaticamente, adquirindo a última configuração utilizada.

— Déf-três, execute — sussurrou Freitas com a boca quase colada ao cano da pistola — Não me deixa na mão, Princesa.

Abreviação de defunto três. Essa era a senha registrada por Freitas para acesso vocal à função de três projéteis por disparo. A arma fez um zumbido quase inaudível e vibrou na mão do detetive. Estava configurada.

Freitas se aproximou de seu escritório e fez um rápido movimento de vaivém com a cabeça para olhar pela porta entreaberta. Um homem alto estava sentado em uma das cadeiras viradas para a mesa, de costas para a porta. Ele mexia nas pilhas de papéis que invariavelmente cobriam o móvel, girando os documentos para uma posição em que pudesse lê-los.

O detetive jogou o peso do corpo contra a porta e, num movimento ágil para alguém com sua atual silhueta, encostou o cano da arma na nuca do intruso.

— Parado, corporativo filho da puta. Mãos onde eu possa ver. Qualquer gracinha e seus miolos vão parar no banco do seu conversível bonitinho. E diz pra sua amiguinha sair do meu banheiro.

O homem no alinhado terno de liga sintética estava agora com as mãos apontadas para o teto. Ele tremia e nem sentiu a urina morna que estava se acumulando na cadeira e molhando suas nádegas e coxas. Tentou pedir calma a quem quer que estivesse pressionando a arma contra sua cabeça, mas a voz não saía de sua garganta.

— AGORA! — gritou Freitas, cutucando a nuca do intruso com força e puxando o cão da pistola.

O pequeno clique da arma pareceu reanimar as cordas vocais do homem de terno e ele conseguiu obedecer com a voz vacilante.

— Vi-vi-vian!!! Saia. Temos pro-pro-blemas.

Freitas colocou a mão esquerda no ombro do visitante e fez a cadeira girar, colocando-o entre ele próprio e a porta do banheiro. Agora, seja quem for que estivesse no banheiro, atingiria seu parceiro primeiro se saísse atirando. Ele aguardou agachado onde estava e ficou ouvindo a descarga ser acionada, depois, a água corrente da pia e, finalmente, a trava da porta.

— Detetive Carlos Freitas, eu suponho — disse a mulher enquanto deixava a penumbra do banheiro e colocava as costas contra a parede ao lado da porta — O senhor vai querer que eu levante as minhas mãos também?

A mulher era alta, ruiva e tinha os olhos naturalmente verdes. Freitas sabia disso porque odiava o efeito falso que as manipulações genéticas de íris, tão na moda atualmente, causavam. Não tinha no rosto nenhuma maquiagem, a não ser o batom extremamente vermelho, e, mesmo assim, sua pele era completamente lisa e limpa. O cabelo estava preso displicentemente num coque e deixava o pescoço delicado à mostra. Usava um vestido muito curto, colado ao corpo como uma segunda pele. O material sintético refletia apenas tonalidades de azul e branco. O efeito conseguido, quando ela se movia, era o de ondas do mar que pareciam se formar na superfície do tecido. Era perfeitamente malhada, com os peitos pequenos demais para o gosto de Freitas, e não tinha mais que 25 anos. O perfume que Freitas sentiu, quando entrou no escritório, era dela.

— Não — respondeu Freitas, enquanto se levantava e guardava sua Princesa no coldre — Já vi que você não tem muitos lugares para esconder uma arma no que está vestindo.

O homem de terno deu um pequeno suspiro de alívio e levou a mão à nuca. Ia ter um galo ali na manhã seguinte, tinha certeza. Só então percebeu que havia se mijado todo.

— Merda! — disse baixinho. Pegou a maleta que tinha deixado no chão, perto da cadeira, e colocou sobre o colo.

— Desculpe a invasão, detetive, mas o senhor estava demorando a voltar e eu realmente precisava me refrescar. Meu nome é Vivian Ballesta e quero contratar os seus serviços — disse a mulher, enquanto alcançava a cadeira ao lado do outro visitante. Ela sentou e cruzou as pernas, mostrando mais pele do que seria aconselhável na Zona de Guerra. Tanto Freitas quanto o homem de terno olharam para suas coxas.

— Esqueça o "senhor". Pode me chamar só de Freitas — disse ele, sentindo-se um pouco velho, enquanto sentava na antiga poltrona do outro lado da mesa. Resolveu mudar o assunto — E quem passou pelo meu sistema de segurança? Não vai me dizer que foi seu amiguinho.

O homem de terno não demonstrou se importar com o tom de desdém ou com o olhar frio de Freitas. Sabia muito bem as vantagens e desvantagens de ter um alto cargo numa megacorporação.

— Eu já tive meus dias de Zona de Guerra, Freitas. Nascida e criada no Humaitá. Antigas travas eletrônicas com códigos e reconhecimento de digitais não são problema para pessoas como nós, não é?

Os dois sustentaram o olhar um do outro em silêncio, por vários segundos. Aquilo pareceu incomodar o homem de terno. Quando ele não pôde mais suportar a tensão, limpou a garganta bem alto e ficou olhando para Vivian.

— Ah, claro! — ela disse com alguma impaciência — Este é Bruno Feuer, um dos poucos brasileiros a ocupar um cargo de direção na Rinehardt Corporation, e um bom amigo.

Feuer esticou um holocartão para Freitas, que não fez nenhuma menção de se mover para pegá-lo.

— O prazer é meu — disse o corporativo, largando o holocartão em cima dos papéis amontoados na mesa.

Freitas se voltou para Vivian sem responder ao outro "convidado". Odiava corporativos. Sempre negociando, sempre escondendo algo ou tirando uma carta da manga. Tivera que conviver com eles por muito tempo, quando fora detetive dentro da Fronteira, bem depois do papel da polícia ser completamente assumido pelas milícias corporativas, agora conhecidas como polícias corporativas. Com raríssimas exceções, tinha odiado cada um daqueles engravatados que passavam os dias nos corredores dos arranha-céus, como ratinhos de laboratório perdidos em seus labirintos.

O Estado não tinha mais como arcar com os custos da segurança. Não era mais possível garantir o bem-estar dos "cidadãos de bem" que ficavam dentro da Fronteira, protegê-los contra as hordas imundas de gangues e de desafortunados que não tinham créditos para comprar suas passagens para fora da Zona de Guerra. Toda a segurança dentro da Barra da Tijuca, inclusive a patrulha dos inúmeros quilômetros de muralhas da Fronteira, ficava dividida entre as polícias das centenas de megacorporações multinacionais com escritórios no Rio de Janeiro. Nada de cadeias ou prisões. Os criminosos simplesmente eram jogados do lado de fora da muralha, para sobreviverem na Zona de Guerra, ou executados durante as investigações. A desculpa do porta-voz da corporação envolvida numa das mortes era sempre "resistência à prisão", como se fosse possível resistir ao poder de uma das megacorporações.

— Você disse que queria contratar meus serviços. Que tipo de problema faz pessoas como vocês procurarem um detetive como eu, em vez de uma das polícias corporativas? — perguntou Freitas, enquanto girava sua cadeira e olhava por entre as persianas empoeiradas. Queria saber quanto ainda restava do flutuador do engomadinho.

— O tipo que as corporações não têm a menor intenção de investigar: crimes cometidos pelas próprias corporações.

O corporativo se mexeu em sua cadeira, incomodado com a afirmação de Vivian, e deu uma olhada rápida por sobre o ombro, como que esperando ser pego em flagrante. Aquela conversa era do tipo que podia desgraçar a carreira de um homem na sua posição, relegando-o a um cargo sem prestígio ou a uma transferência indesejada. Os parasitas traiçoeiros lá da sua empresa adorariam uma informação assim. Sentiu um pequeno incômodo na parte de baixo e lembrou-se da poça em que estava sentado.

— Você está me dizendo que acha que uma megacorporação cometeu um crime e que você tem provas disso? — perguntou Freitas, colocando os cotovelos sobre a mesa, entrelaçando os dedos das duas mãos e inclinando o corpo para frente.

— Não. Eu estou dizendo que SEI que uma megacorporação cometeu um crime e quero que VOCÊ reúna as provas necessárias pra acabar com os filhos da puta.

Freitas olhava diretamente nos olhos de Vivian no momento em que ela disse as palavras de baixo calão e, estranhamente, elas não pareceram nem um pouco fora de lugar quando ditas pela mulher. Agora ele tinha certeza absoluta de que fora ela quem passara pelo sistema de segurança e de que realmente havia vivido do lado de fora da Fronteira.

— Você tem noção do que está me pedindo? Sabe quanto um

serviço desses pode custar?

Vivian não respondeu. Apenas olhou para o lado e ficou encarando o corporativo, que parecia preocupado com alguma coisa sob a maleta. Após alguns segundos de silêncio, Bruno Feuer levantou a cabeça e olhou para o lado, como se o olhar irritado e impaciente de Vivian tivesse lhe queimado o pescoço.

— Ah!?! Sim, sim. Créditos não são um problema detetive. Faça o seu preço — disse Bruno, com um sorriso de desprezo genuíno. Naquele momento, ele se sentia em seu território. Estavam falando de créditos e nisso aquele gordo fedorento não poderia intimidá-lo.

Freitas sentiu o desdém na voz do maldito corporativo. Era o único tipo de prazer verdadeiro que eles conheciam: créditos. Créditos para comprar flutuadores, bebida, comida, mulheres, prestígio e, não raramente, vidas. Agora ele próprio estava novamente sendo comprado, mas não se venderia barato. Voltou a olhar nos olhos de Vivian.

— Três mil e quinhentos créditos adiantados para minhas despesas iniciais, não reembolsáveis. Mil e quinhentos créditos por semana de investigação a contar de hoje, não reembolsáveis. Quinze mil créditos de bônus se eu resolver o caso. Se eu descobrir que vocês me sonegaram informação, pulo fora. Essas são minhas condições.

Bruno Feuer fez menção de levantar para protestar contra o absurdo daqueles valores. Nem que contratasse o melhor detetive de dentro da Fronteira iria gastar tantos créditos. Rapidamente, a mão de Vivian pousou sobre seu antebraço. Os olhos da mulher agora não transmitiam irritação ou impaciência, mas fogo. Ela deu uma pequena mordiscada no próprio lábio inferior e apertou o braço do corporativo suavemente. A outra mão, que antes estava apoiada sobre o colo, fez um lento movimento em direção ao joelho, acariciando a parte superior da coxa que saía do curtíssimo vestido.

O ímpeto de defender seus créditos daquele detetive aproveitador desapareceu e deu lugar a um tipo completamente diferente de urgência. Mais uma vez, Bruno Feuer se moveu na cadeira e lembrou que estava todo mijado.

— Merda — repetiu baixinho enquanto tirava o BPM do bolso interno do paletó. Segurou um pequeno sensor até que o valor chegasse ao desejado e esticou a mão para Freitas, que já tinha seu próprio aparelho pronto. Os dois BPMs se encaixaram perfeitamente, confirmaram a identidade de seus donos por meio dos polegares de ambos e um pequeno bip sinalizou o fim da transação. Três mil e quinhentos créditos transferidos.

— Ok. Agora vamos ao que interessa — disse Freitas, enquanto conferia seu BPM e calculava quantas contas atrasadas poderia pagar com aquela quantia — Imagino que se trate da queda da prostituta na Barra da Tijuca.

Vivian ficou em silêncio. Deu uma olhada para ver a reação de Feuer, e ele parecia tão espantado quanto ela. Ele fez um rápido movimento de levantar de ombros, completamente perdido.

— Você é bom — disse ela, com um sorriso de canto de boca — Como descobriu?

O suicídio da mulher na Barra da Tijuca fora destaque em todos os holojornais durante as semanas anteriores. Ela tinha se jogado de sua cobertura, em um prédio da Rinehardt Corporation, e se esborrachado em cima de um flutuador. Por mais incrível que pudesse parecer, o que sempre se destacava nas reportagens é que ela estava nua e vestindo sapatos de salto agulha. Ninguém levantara a hipótese de assassinato em nenhuma das reportagens que Freitas havia visto.

— A presença do seu amiguinho engomado deu uma boa pista. O único acontecimento envolvendo o nome da Rinehardt nos últimos tempos foi a morte da garota, pelo menos, que eu tenha ouvido a respeito — ele respondeu — E se você está aqui para me contratar é porque não acredita que foi um mero suicídio.

— E que ela era prostituta? Nenhum holojornal divulgou nada a esse respeito — ela continuava curiosa. Inclinou-se um pouco para frente e deixou o decote mais à mostra.

— Você — Freitas respondeu, inclinando a cadeira para trás e ansioso para ver como ela reagiria ao que ele estava prestes a dizer

— Você foi a pista. Só uma prostituta teria outra preocupada com seu suposto assassinato.

— Ela FOI assassinada. Ela não se jogaria do alto daquele prédio — Vivian respondeu com alguma raiva na voz.

Freitas ficou tentando captar algum sinal de vergonha, mas parecia que estava de frente com uma mulher que aceitava completamente a sua profissão. Vivian era uma prostituta de nível e, pelo modo como ele a vira manipular o corporativo imbecil até aquele momento, tinha o dom para a arte.

— Vocês eram muito próximas? Amigas?

— Amigas, irmãs, amantes... Éramos tudo um pouco uma da outra.

Freitas viu os olhos de sua cliente ficarem marejados por um só instante. Era do tipo que não se permitia descontrolar por muito tempo.

— Moravam juntas?

— Eu tinha acabado de me mudar. Não fazia nem uma semana. Meu docinho aqui arrumou um apartamento só pra mim... pra gente — ela respondeu, voltando ao papel e atirando mais uma migalha de afeição para o corporativo otário.

— Sei — disse Freitas, tentando ignorar o sorriso bobo do corporativo — Mas ela deve ter ficado em maus lençóis, ao continuar morando naquele lugar sem ninguém para dividir as despesas. Afinal de contas, pelo que eu fiquei sabendo, é um dos prédios mais luxuosos da Barra e vocês ficavam na cobertura.

— Não, ela não tinha problemas. Estava há algum tempo com um novo "fixo".

— E esse... como você disse? Fixo? Quem é?

— Eu não sei. Mas era alguém da alta e não queria que ela contasse pra ninguém. Por isso, ela estava fazendo segredo. Acho que ele era casado ou ocupava algum cargo importante, sei lá — ela respondeu, dando de ombros.

— Algum inimigo? Alguém que quisesse mal a ela?

— Fora algumas outras "do ramo", que sempre tinham seus

clientes roubados, não... Você tinha que vê-la. Ela era linda! Quando entrava em algum lugar, era como se o tempo parasse. Ficava todo mundo olhando. E quando tirava a roupa, então, os homens iam à loucura.

Enquanto falava, Vivian gesticulava como uma atriz que deseja passar mais detalhes do que as palavras são capazes de contar. Quando percebeu que estava ficando emocionada novamente, conteve-se e colocou as mãos de volta sobre o colo.

Ouvindo aquela descrição, Freitas não pôde deixar de imaginar Vivian e uma outra mulher loira, nuas, beijando-se sobre uma cama enquanto ele e vários outros homens assistiam. Voltou a si quase ao mesmo tempo em que Vivian terminava de falar e teve que puxar sua cadeira para dentro do encaixe da mesa, tentando esconder a ereção que tomara conta dele.

— Aham... É, bem... Acho que isso é o suficiente — disse ele, sem jeito, pensando ter visto um sorriso malicioso na boca de Vivian. Será que ela tinha percebido? — Eu começo hoje mesmo. Vou fazer contatos com algumas das polícias corporativas e ver o que consigo descobrir daqui. E amanhã eu começo a investigar dentro da Fronteira.

— Se você precisar de alguma ajuda para atravessar, meu velho, eu posso fazer alguns contatos — disse Bruno Feuer.

O oferecimento do corporativo fez Freitas lembrar que ele estava na sala. Mais uma vez, ele sentiu o desprezo na voz do homem de terno. Desprezo por tudo e todos que não estivessem no seu mundinho, protegido pelos muros da Fronteira e pelo poder de fogo das polícias corporativas. Há muito tempo que as pessoas na Zona de Guerra tinham deixado de ser vistas como seres humanos por aquela gente.

Freitas tentou, sem muito sucesso, não demonstrar o quanto Bruno Feuer o tinha irritado. Enfiou a mão direita por dentro do paletó para alcançar novamente o seu BPM. Antes disso, arrancou sua Princesa de dentro do coldre, fingindo tirá-la do caminho, e a deixou cair pesadamente sobre a mesa com o cano voltado para o corporativo. Feuer escorregou um pouco pela poça de mijo e se encolheu em seu lugar.

Já com o BPM pronto, Freitas o ligou a uma pequena saída no tampo da mesa e digitou uma rápida série de comandos nos sensores do lado direito, sem parar de encarar Feuer. O gás característico dos holovisores começou a ser aspergido diretamente de uma abertura no centro da mesa, formando uma espiral que subia até uns sessenta centímetros da superfície. Era um holovisor de modelo antigo, portanto, quando a luz projetada de baixo começou a usar o gás como veículo para formar as imagens tridimensionais, o resultado não era o mais nítido ou real possível. Mesmo assim, eles podiam distinguir claramente um distintivo que flutuava sobre a mesa, girando sobre o próprio eixo.

— Identificação classe PC/025 — Feuer começou a ler em voz alta, inclinando-se para perto da projeção, fingindo uma dificuldade que não sentia para enxergar as letras impressas no distintivo.

— Livre passagem PERMANENTE pela Fronteira — completou Freitas, quase gritando e batendo com as duas mãos espalmadas sobre a mesa. Ao fazer isso, ele levantou e apoiou-se sobre os braços, de forma que seu rosto se lançou para frente e atravessou a projeção. Bruno Feuer recuou e encolheu-se novamente em sua poça.

— Você mora aqui porque quer! — disse Vivian num quase sussurro admirado.

Freitas arrancou o BPM da mesa, interrompendo a projeção. Após recolher sua Princesa e colocá-la de volta sob a axila esquerda, ele fechou os olhos, inspirou longamente e soltou o ar de uma só vez pela boca. Repetiu a operação umas três vezes para se acalmar.

Vivian e Feuer estavam em silêncio, observando aquele homem de pé, bufando na frente da janela. Os últimos vestígios do gás do holovisor que ainda se dissipavam emprestavam um ar quase cômico à cena, como se o detetive fosse algum líder místico de uma das seitas ambientalistas que previam o término dos tempos para o fim de cada ano. Mesmo assim, nenhum dos dois teve coragem de quebrar o silêncio.

Freitas se virou num movimento repentino e separou duas das persianas com os dedos, a fim de olhar para o lado de fora. Quando voltou a encarar seus visitantes, tinha um largo sorriso de satisfação estampado no rosto.

— Bom, acho que isso é tudo. Vivian, tenha certeza de que, se isso for mais que um suicídio, eu vou descobrir o responsável.

— Eu tenho certeza — a mulher levantou-se.

Bruno Feuer também se levantou e empurrou a cadeira para junto da mesa. Com a pasta na frente da cintura, ele caminhou de costas até a porta e dobrou rapidamente no corredor, sem se despedir de Freitas.

Vivian sacudiu a cabeça e deu uma pequena risada.

— Acho que você não causou uma boa impressão — ela disse, deixando a cabeça cair sobre o ombro esquerdo de uma forma que Freitas achou irresistível.

— E eu acho que você tem um péssimo gosto para amigos — Freitas respondeu, colocando as mãos nos bolsos da calça e tentando seu melhor sorriso.

— Ah, ele não é meu amigo de verdade. Eu não misturo amizade ou prazer com negócios. E ele é puramente negócio. Claro que não posso dizer isso pra ele.

Os dois voltaram a rir. Quando terminaram, ficaram se encarando por um ou dois segundos.

— É uma pena — disse Freitas, já desconfortável com o silêncio.

— O quê?

— Que nós estejamos fazendo negócios — ele respondeu, e não conseguiu esconder um sorriso de vitória.

— Touché — ela respondeu — Resolva o caso e os negócios acabam. Aí, quem sabe? Nós podemos conversar.

Ela deu uma piscadela e saiu dobrando o corredor. Freitas se aproximou da porta a tempo de vê-la se encontrando com Feuer em frente às escadas. Ele gesticulava como um louco com a mão direita e mantinha a pasta estática na altura da cintura.

Quando Freitas fechou a porta e começou a andar de volta para a mesa, percebeu algumas gotas no tapete. As minúsculas manchas escuras formavam uma trilha até a cadeira em que o corporativo estivera sentado.

— Ah, que merda!!! Que corporativo-covarde-filho-da-puta! — disse ao ver a poça formada no couro sintético da cadeira.

Subitamente, lembrou-se do que o fizera recuperar o bom humor ao olhar pela janela e voltou a sorrir. Deu a volta na mesa, correndo na ponta dos pés. Separou as venezianas novamente e voltou a observar o lado de fora.

— Cinco, quatro, três, dois, um... — Freitas contou em voz alta.

— NÃÃÃÃÃO!!! MEU FLUTUADOR!!! — a voz esganiçada de Feuer ecoou pelas ruas do Méier.

Freitas soltou as venezianas e se largou de costas sobre a mesa, gargalhando.

— Você sempre pode contar com o marginal do seu bairro.

3

O policial corporativo mandou rodar o protocolo de pesquisa no computador central da Fronteira mais uma vez. Enquanto esperava, ficou observando o homem gordo com a barba por fazer que estava de pé em sua frente. Por trás do visor espelhado do capacete e da armadura, ele poderia tê-lo feito de forma discreta, movendo só um pouco a cabeça, mas não tinha a menor preocupação em esconder sua desconfiança daquele mal-ajambrado. Cruzou os braços e levantou sua cabeça negra, sem face, diretamente para o visitante.

Freitas ficou olhando para o segurança da entrada T3 da Fronteira sem se mover. A única coisa que conseguia ver era o próprio reflexo no visor do capacete do policial corporativo e, mesmo assim, sabia tudo o que se poderia saber sobre ele.

Usava uma armadura de neoklevlar com proteção nível três, a mais alta que existia, capaz de parar tiros de baixo calibre mesmo à curta distância.

— E quem é que ainda tem armas de baixo calibre? — pensou, sem tirar os olhos do próprio reflexo.

Estava armado com uma pistola Taurus PT 5258 Pro Corp, arma padrão de todas as Polícias Corporativas, mas muito provavelmente tinha uma carabina CT Corp 4040, de origem chilena, sob o painel de controle à sua frente. Tudo de acordo com as normas de segurança para a Fronteira, acordadas por todas as megacorporações que participavam da proteção da Barra da Tijuca com suas próprias polícias.

Freitas imaginava até o que o policial corporativo estava pensando. Que era impossível um cara vindo da Zona de Guerra, depois de seis anos, aparecer sem um arranhão e ainda mais com um passe permanente de entrada e saída. Que certamente o passe devia ser uma falsificação digital, muito bem-feita por sinal, mas uma falsificação.

Um pequeno bip no painel chamou a atenção do policial corporativo, que voltou seu capacete novamente para baixo. Ele sacudiu a cabeça levemente, e Freitas viu que começou a série de comandos para rodar a pesquisa pela quarta vez.

— Algum problema? — Freitas perguntou, já ficando sem paciência.

— Nenhum problema. É o procedimento padrão de reconhecimento do seu BPM.

— Acho que não. Na verdade, o procedimento padrão diz que você deve rodar a checagem uma segunda vez, por segurança, e, se continuar na dúvida, deve chamar seu oficial superior para outras providências. Se não me engano, você está rodando a checagem pela quarta vez — disse Freitas, terminando com um sorrisinho cínico.

O policial corporativo ficou estático e incrédulo com a aula sobre o que dizia o manual de procedimentos da Fronteira. Ele bateu com o punho cerrado no painel e, mesmo através do visor do capacete, era possível perceber a raiva que estava sentindo daquele recém-saído da Zona de Guerra. Todo o preconceito que um morador da Barra da Tijuca podia nutrir contra um exilado veio à tona naquele momento.

— Tá querendo ensinar o meu trabalho, seu gordo exilado filho de uma... — o policial corporativo foi interrompido por um apito agudo seguido de uma voz que saía do painel de controle.

— Qual o problema, número 524? — perguntou a voz num tom

impaciente.

— Aham, não é nada senhor. Só uma verificação de um passe suspeito.

— E por que você está rodando a pesquisa pela quarta vez? Eu já não disse...

Nesse momento, o policial corporativo tocou um sensor sobre o painel e a voz desapareceu.

Freitas sabia que ele tinha redirecionado a voz para o comunicador de seu capacete. O policial corporativo estava completamente ereto, tenso, fazendo pequenos movimentos de aceno com a cabeça enquanto murmurava "sim, senhor" uma série de vezes.

Finalmente, quando foi possível perceber que a voz tinha parado de se manifestar, o policial corporativo deu um longo passo para trás e continuou em sua posição de sentido.

— Fique parado — ordenou a Freitas.

Antes que Freitas pudesse perguntar o que estava acontecendo, um orifício do diâmetro de um dedo se abriu sobre o painel. Num movimento rápido, um cilindro branco reluzente esticou-se para fora da mesa de controle. As únicas marcas perceptíveis na peça extremamente polida eram discretas ranhuras horizontais que davam a impressão que o todo era formado por diversos anéis com poucos centímetros de espessura. Assim que atingiu sua extensão total, quase tocando o teto do salão com mais de quatro metros de altura, os anéis pálidos se separaram discretamente, deixando escapar a suave luminescência azul dos milhares de cabos óticos que ocupavam toda a extensão do tubo de material sintético. Com os anéis separados, o estranho artefato tecnológico ganhou flexibilidade, formando um "s" perfeito em cuja ponta reluzia uma pequena lente côncava completamente negra. Freitas reconheceu a única parte escura do objeto apontado para ele como sendo algum tipo de câmera de altíssima resolução, mas não fazia ideia do que era o conjunto ou quando tinha sido instalado. Por precaução, continuou completamente imóvel, como ordenara o policial corporativo.

A coisa, como Freitas passou a chamá-la, aproximou-se do rosto do detetive e desceu agilmente até chegar à altura da cintura. Freitas percebeu que era extremamente silenciosa, não emitindo som algum, a não ser o leve arrastar dos anéis que formavam seu corpo esguio no orifício de onde se esticava para fora do painel de controle. Quando terminou de varrer completamente o corpo do visitante, a coisa se ergueu tão alto quanto da primeira vez, totalmente arqueada, com a extremidade negra apontada diretamente para Freitas. Ela ficou imóvel por um segundo e, num movimento quase instantâneo aos olhos de Freitas, voltou a se esticar, os anéis fazendo uma sequência rápida de estalos enquanto se fechavam e eram recolhidos.

Freitas ficou parado, respirando fundo o mais silenciosamente possível, sem querer dar a impressão para o maldito policial corporativo de que tinha ficado apavorado.

O oficial de armadura não se moveu. Parecia aguardar alguma coisa. Logo o detetive começou a ouvir passos fortes e cadenciados, vindos do corredor que começava no canto esquerdo da sala.

O homem que surgiu se colocou bem em frente a Freitas, segurando as mãos atrás das costas. Tinha porte atlético e usava uma armadura muito mais leve e de estilo diferente do que as utilizadas pelos policiais corporativos que trabalhavam diretamente com moradores da Zona de Guerra. Trazia várias faixas coloridas espalhadas pelos ombros e no lado esquerdo do peito, indicando que fora condecorado várias vezes, não só por sua megacorporação, mas por outras também. Aparentava ser um pouco mais velho que Freitas e já apresentava áreas grisalhas perto das têmporas e no robusto bigode.

— Ora, ora, ora. Se não é o detetive Carlos Freitas! — disse o homem, com o olhar sério e fixo nos olhos do visitante — Quem diria que você ia sair vivo da Zona de Guerra depois de tanto tempo?

— Como vai, Rocha? Major Rocha! — Freitas respondeu, também com o olhar muito sério, apontando as faixas coloridas — Quem diria que você iria tão longe puxando o saco desses corporativos?

Os dois homens começaram a rir muito alto antes de se darem um forte abraço.

— Seu veado, eu achei que você tinha morrido! Quanto tempo faz? Seis anos? — perguntou o Major.

— Ééé, mais ou menos isso. Você também está diferente. Os cabelos brancos te deixaram com um ar mais... respeitável — brincou Freitas, frisando bem os cabelos brancos.

Instintivamente, o Major passou a mão pelos cabelos arrepiados, cortados em estilo militar, e deu uma risadinha. Foi quando se lembrou da presença do policial corporativo. O sorriso morreu rapidamente em seu rosto ao voltar-se para o subalterno.

— E você, seu merda?!? Quantas vezes eu já falei pra seguir a porra do manual? — ele gritou, fazendo voar cuspe por todo o painel.

— Senhor, eu achei estranho, senhor. O homem vem depois de... — o policial corporativo tentou responder, ainda mais empertigado em sua posição de sentido.

— Estranho?!? ESTRANHO?!? — interrompeu o Major, agora com as veias pulando no pescoço e o rosto rubro de raiva — Eu vou te mostrar o que é estranho, seu imbecil.

O Major se virou e enfiou a mão por dentro do paletó de Freitas, alcançando a Princesa debaixo de seu braço esquerdo. Quando se voltou, apontou a enorme pistola diretamente contra o capacete do policial corporativo e espremeu o gatilho sete vezes. Cada um dos cliques que a arma emitia fazia com que o policial corporativo se contorcesse e desse um passo para trás, até que ficou encostado na parede, encolhido numa posição ridícula para um homem fardado.

Freitas não se moveu em momento algum e imaginou que o policial corporativo devia estar suando muito, mesmo com o sistema interno de resfriamento da armadura.

— Estranho, SEU MERDA, é um exilado entrar aqui com uma arma e você não revistá-lo como manda o manual. Vocês confiam demais nas porras dos detectores — o Major voltou a gritar — Se fosse ele puxando o gatilho, não ia ter armadura que salvasse o teu rabo.

O Major Rocha esticou a arma para Freitas sem se voltar para ele. Depois se debruçou sobre a mesa e arrancou o BPM da conexão, sem tirar os olhos do policial corporativo, que tinha se endireitado, mas continuava respirando fundo, encostado na parede.

— Faz um relatório e entrega na minha sala quando acabar o seu turno — disse o Major, com a voz subitamente voltando ao tom disciplinado que Freitas tinha ouvido no comunicador — Vem comigo, Freitas.

Os dois homens começaram a caminhar lado a lado pelo corredor. Quando fizeram a primeira curva, entreolharam-se e cada um se encostou em uma parede, caindo numa longa e profunda gargalhada.

— Você é foda, Rocha — disse o detetive, e voltou a acompanhar o Major na caminhada pelos corredores.

— Porra, é porque você não convive com esses imbecis que eles colocam para trabalhar aqui na Fronteira. É como uma punição. Os piores recrutas são enviados pra cá. Parece que os corporativos esquecem que nós somos a única proteção contra a corja que vive do outro lado — replicou o Major.

Freitas não respondeu e voltou a ficar sério. O Major Rocha percebeu a mudança de humor do velho conhecido.

— Desculpe, Freitas. É só jeito de falar — ele tentou se explicar.

— É por essas e outras que eu saí dessa merda, Rocha. Aquelas pessoas não são piores que ninguém aqui dentro da Barra da Tijuca. Tem gente boa lá, gente que devia ter seus direitos protegidos, e não ser exilada pra um lugar sem lei — Freitas respondeu, não propriamente com raiva, mas magoado com a afirmação.

— É, eu sei como você pensa, mas você tem que ver que a situação fugiu do controle. Os ataques das gangues são cada vez mais frequentes. Hoje eles têm um verdadeiro exército. Se não fosse a Fronteira...

— Se não fosse a Fronteira — Freitas o interrompeu, alterando um pouco o tom de voz —, essas pessoas não estariam entregues à própria sorte, sem a menor infraestrutura e condições de vida. O que esses corporativos filhos da puta achavam que ia acontecer? Que o crime ia diminuir do outro lado? Não faz sentido, Rocha. Nunca fez.

O Major Rocha parecia um pouco constrangido e resolveu que

era melhor não replicar. Continuaram andando em silêncio por mais alguns metros até alcançarem uma porta dupla com a inscrição "Controle Central". Rocha abriu uma das portas e deixou que Freitas entrasse primeiro.

A sala não era muito ampla, já que todo o espaço dentro da construção da Fronteira era muito bem aproveitado, mas era aconchegante. Uma porta para a esquerda dava para o que Freitas imaginou ser um banheiro privativo, um luxo dentro da hierarquia das polícias corporativas, reservado somente para as patentes de comando. Atrás da moderna mesa de controle, de onde o Major tinha feito contato com o policial corporativo que importunava Freitas, uma enorme janela que ocupava praticamente toda a parede revelava a Zona de Guerra. Era possível avistar a entrada de Jacarepaguá e as ruínas da subida que levava a uma antiga via expressa que cortava boa parte da cidade. O acesso fora explodido muito anos antes para impedir que grandes quantidades de veículos das gangues pudessem alcançar a Fronteira com facilidade por aquele ponto. Para qualquer lugar que se olhasse, a cena era de destruição e desolação, não sendo possível avistar um só metro de asfalto que não estivesse esburacado, uma só construção que estivesse de pé ou viva alma perto da Fronteira, pelo lado da Zona de Guerra.

— Ora, ora, quem diria? — brincou Freitas, tentando amenizar o clima que sabia que tinha criado com seu discurso anterior — Nunca imaginei que você teria uma vista dessas da sua janela. A velha Zona de Guerra.

O Major deu a volta na mesa e se sentou em sua poltrona.

— Você acha realmente que eu sentaria de costas para o inimigo? — respondeu o Major, reforçando a palavra "inimigo", mas com um sorriso no rosto, apenas para alfinetar Freitas.

O Major tocou alguns sensores com a mão direita e, para a total surpresa do visitante, a Zona de Guerra desapareceu detrás dele. Em seu lugar, Freitas olhava agora para a larga avenida de acesso à Barra, do outro lado da muralha, completamente pavimentada e com o grande movimento de flutuadores que lhe era peculiar. Era como se a sala em que estavam tivesse girado cento e oitenta graus dentro da construção da Fronteira.

Freitas não disse nada. Apenas se aproximou da imagem e a tocou com o dedo. Uma onda se formou e foi seguida por diversas outras, espalhando-se por toda a extensão da paisagem. Ele esfregou o indicador contra o dedão, bem perto do nariz.

— Água!?! — perguntou Freitas, perplexo.

— Tecnologia, meu amigo — respondeu o Major, girando a cadeira e recostando-se para olhar a tela — E você foi bem mais comedido que eu. Quando vi esse troço funcionando a primeira vez, quis saber quão profundo era. Juro pra você que enfiei meu braço direito inteiro antes de conseguir tocar a parede do outro lado. Não me pergunte como esses malucos desses cientistas corporativos fazem pra manter a água em pé nessa coisa, mas a resolução e a sensação de profundidade são infinitamente maiores que o melhor holovisor que os créditos podem comprar.

— Incrível! — disse Freitas, enfiando mais o dedo e provocando uma nova sequência de ondas na imagem — Como se chama?

— Eu ouvi o pessoal que instalou o equipamento o chamando de Oráculo, mas parece que ainda estão fazendo uma pesquisa de mercado pra ver se o nome vai pegar. Tem alguma coisa a ver com imagens que os videntes da antiguidade viam na água ou alguma coisa assim, eu acho.

Freitas olhou para o canto superior direito da moldura da estranha janela e viu a logomarca da Rinehardt Corporation. Depois sentou de frente para o Major sem dizer nada, ainda esfregando os dedos junto ao nariz.

— Por falar em tecnologia — disse Freitas, subitamente lembrando-se do ocorrido na outra sala — O que era aquilo que ficou me estudando na outra sala? A coisa branca com um só olho?

— Ah! Esses são realmente novos. Estamos testando em cinco entradas terrestres da Fronteira, inclusive na T1 do Joá, que tem o maior movimento — respondeu o Major enquanto tocava alguns sensores na mesa — Dá uma olhada. Parece que tem uma entrando em funcionamento bem agora.

A imagem atrás do Major voltou a mudar, e agora Freitas estava olhando para uma entrada da Fronteira muito parecida com a que ele passara alguns minutos atrás. A imagem era muito nítida e clara no centro do Oráculo, mas perdia o foco conforme se aproximava das extremidades, como a visão de um ser vivo que se concentra no objeto de atenção, mas continua a ver com a visão periférica. No centro da imagem, estava um homem de sobretudo. Ele estava estático, olhando diretamente para a câmera com um semblante assustado. Freitas entendeu que estava compartilhando da visão de uma daquelas coisas, enquanto ela analisava o homem do mesmo modo que fizera com ele.

— Rocha, o cara tá de sobretudo... com esse calor... — disse Freitas, como quem quer alertar de um perigo.

— Calma. Ela é inteligente. Fica olhando — respondeu o Major sem se mexer.

Informações começaram a ser escritas no canto superior esquerdo da imagem. Os textos se movimentavam muito rápido e Freitas só conseguiu distinguir as palavras "perigo" e "explosivo".

A imagem se aproximou vertiginosamente rápido, escurecendo completamente. A câmera parecia acertar o corpo do visitante.

Quando a cena voltou a se formar, Freitas pôde ver o corpo do homem estendido no chão. Ele apresentava fortes convulsões e uma espuma branca borbulhava pelo canto de sua boca. Um policial corporativo se aproximou do visitante e abriu seu sobretudo, revelando uma grande quantidade de fios e explosivos presos ao dorso do homem. A imagem escureceu e voltou a mostrar a avenida de acesso dentro da Fronteira.

— Caralho! — disse Freitas — O que foi isso?

— É a última palavra em inteligência artificial. Essas coisas analisam as hipóteses do mesmo jeito que nós. Muito provavelmente devem ter pensado a mesma coisa que você em relação ao sobretudo e o calor — respondeu o Major — O ataque deve ter sido a mistura padrão de agente paralisante com um poderoso choque elétrico.

— Não está com medo de aposentarem você, Rocha? — Freitas brincou.

— Não. Ainda é uma fase de testes e vai demorar vários anos até que tudo esteja dentro dos padrões para utilização em massa. Acho que os recrutas imbecis que eles mandam são bem mais baratos também — respondeu o Major — Eu estou tranquilo e muito bem. E você também poderia estar, Freitas. Mas preferiu virar um eremita naquela terra de ninguém. Mas chega dessa lenga-lenga, o que o traz de volta ao mundo dos vivos?

— Tenho um caso que preciso resolver na Barra — disse Freitas, fingindo prestar atenção numa condecoração emoldurada que tinha apanhado em cima da mesa.

— Um caso? Na Barra? Você? Quem é o maluco que contrata um detetive da Zona de Guerra pra solucionar um caso dentro da Fronteira? Porra, Freitas! Você não tá envolvido com nenhuma dessas organizações de protestos ambientais, né?

— Nããão... Nada disso. Não que os créditos deles não sejam bons como os de qualquer um — respondeu Freitas, rindo — mas ainda não cheguei a esse nível de reconhecimento.

O Major não riu e continuou a mirar Freitas com o olhar inquisitivo.

— Tá bom, tá bom. É a mulher de um corporativo que está pulando a cerca ou, pelo menos, ele pensa que está. O cara não quer que os outros corporativos imbecis fiquem sabendo que ele é corno. Créditos fáceis.

— Você não vai criar problemas lá dentro, né, Freitas?

— Problemas, eu?!? Eu nunca crio problemas. Eles é que parecem me perseguir.

— Hum, tá bom — disse o Major, resignado, sabendo que não conseguiria arrancar mais nada dele — Você tem onde ficar? Eu posso falar com a minha mulher pra arrumar um canto pra você lá em casa.

— Não precisa, obrigado. O meu apartamento no Recreio continua lá, fechado.

Freitas se levantou e esticou a mão por sobre a mesa. O Major a agarrou num aperto firme. Ao mesmo tempo, tocou um sensor com a mão livre. Logo um policial corporativo, vestindo armadura, mas sem o capacete, bateu à porta e entrou.

— Acompanhe ele até a entrada da Barra da Tijuca e disponibilize um flutuador pra levá-lo onde ele quiser.

— Obrigado, Rocha. A gente se vê na volta.

— Eu espero que não. Espero que você mude de ideia e fique aqui dentro onde é seguro.

O Major ficou olhando enquanto o policial corporativo dava passagem para Freitas e fechava a porta atrás de si. Sentou-se lentamente e começou a estalar os dedos das duas mãos, um hábito que tinha quando começava a refletir sobre alguma coisa. Tocou no painel e se virou para apreciar o Oráculo atrás da mesa. Podia ver Freitas seguindo o policial corporativo, através de vários ângulos diferentes, enquanto as câmeras do complexo da Fronteira seguiam o percurso que os dois faziam até a saída.

Depois de ver o detetive entrar no flutuador de uma das Polícias Corporativas e se perder pela avenida, o Major tocou uma série de sensores e aguardou o processo de codificação da comunicação que tinha solicitado. Um bip avisou da conexão após alguns segundos.

O Major deu a volta na mesa, cruzou as mãos atrás das costas e se voltou novamente para o Oráculo. Agora toda a tela era ocupada pela imagem de uma sala luxuosa e mal iluminada.

— Sim, Major Rocha — disse a voz do vulto. Ele se sentava atrás de uma mesa ampla e suas feições eram irreconhecíveis devido a distância da imagem e a penumbra. Se a voz não tivesse se manifestado, seria difícil dizer que alguém estava ali.

— O senhor tinha razão. O detetive acaba de passar por esta entrada da Fronteira.

— Ótimo. Meus associados cuidarão dele agora — respondeu o vulto muito pausadamente e num tom monocórdico.

— Senhor, há alguma coisa que eu possa...

— Seus serviços não são mais necessários, Major. Eu o informarei se precisar novamente.

A imagem da sala se desfez e o Oráculo voltou a mostrar o local onde Freitas embarcara no flutuador.

O Major deu um longo suspiro e tentou prestar atenção no que acontecia na Fronteira através do seu painel de controle. Demorou algum tempo para afastar o pensamento de Freitas e voltar a gritar com outro policial corporativo pelo comunicador.

4

Renata Braga arrancou seu BPM, com violência, da banca da defesa para mostrar o seu descontentamento com a sentença do juiz corporativo. Seu cliente já estava desesperado, sendo arrastado por quatro policiais corporativos em armaduras de cores diferentes e, em alguns minutos, estaria sendo colocado para fora de um portão em algum ponto da Zona de Guerra. Ela não quis voltar a olhar para o rosto do homem.

— Deus sabe quanto tempo esse pobre coitado vai sobreviver lá.

O promotor corporativo, que foi seu adversário na causa, aproximou-se e caminhou ao seu lado, enquanto ela se dirigia para a saída da sala de audiência.

— Não perca a esportiva, Renata. O cara mereceu e você sabe.

— Não vem com essa, Jorge. Você sabe muito bem que ele só está sendo jogado do lado de fora porque o desfalque foi contra uma megacorporação. Se ele tivesse aplicado o golpe contra qualquer particular, estaria condenado a prestar alguns serviços comunitários, que nós dois sabemos não servirem pra nada aqui dentro da Fronteira.

— É o que eu sempre digo: a pena é de acordo com a ousadia do criminoso — o promotor corporativo soltou as palavras lentamente como se quisesse que a mulher tivesse tempo de absorvê-las.

Renata parou de caminhar irritada, quando já estavam quase nas escadarias externas do Fórum Central da Barra da Tijuca. Ela se virou bruscamente e viu o sorriso na cara do adversário.

— Vá a merda, Jorge.

— Tá, mas a gente almoça na terça?

— Comida mexicana, você paga. E diz pros imbecis da promotoria da sua corporação não levarem aquela secretária vadia. Ela me dá nos nervos — respondeu Renata, gritando a última frase, pois já estava no meio da escadaria.

Quando alcançou o nível da rua e começou a caminhar em direção ao estacionamento, ela parou repentinamente. Não podia acreditar em seus olhos. Estava vendo um fantasma.

Freitas estava encostado num flutuador de Polícia Corporativa. Ele ficou assistindo à reação perplexa de Renata, parada como uma estátua no meio do caminho no qual ele estava.

Após alguns segundos, ela voltou a se mover. Caminhou muito lentamente em direção a Freitas. Agora estava olhando para o chão e sacudia a cabeça devagar, como se desaprovasse alguma coisa. Ela parou a um metro de distância do detetive e colocou a mão direita na cintura, como alguém que espera impacientemente uma explicação.

— Obrigado — disse Freitas, voltando-se para o policial corporativo através da janela do flutuador — Diz ao Major Rocha que eu agradeço muito. Eu me viro daqui.

O policial corporativo deu um aceno de cabeça e ligou o veículo, não sem antes dar uma boa olhada na pessoa que Freitas tinha ido encontrar.

Renata era uma mulher bonita com um pouco mais de trinta e cinco anos. Tinha os cabelos escuros muito lisos, cortados na altura do ombro e usava um tailleur bem ajustado ao corpo. A saia, que se estendia até logo acima dos joelhos, revelava pernas de alguém que estava em forma e que certamente se preocupava com a aparência.

Os dois ficaram se encarando e esperaram o flutuador da Polícia Corporativa começar a deslizar pela rua em direção à avenida principal, antes de dizerem qualquer coisa.

— Oi — disse Freitas, com um sorriso.

— Seis anos. SEIS ANOS! — disse a advogada, sem disfarçar a irritação. Ela saiu andando com o passo apertado em direção ao estacionamento.

Freitas se moveu, colocando-se a caminhar ao seu lado, abrindo os braços e gesticulando.

— Ah, qualé, Renata? Não é possível que você ainda esteja chateada. Que ainda não tenha entendido.

— Não, Freitas, eu não entendi. Seis anos e eu continuo sem entender por que você foi pro lado de fora.

— "Pro lado de fora"? — Freitas colocou as mãos nos bolsos e encostou-se no flutuador do qual ela tinha se aproximado — Você quer dizer pra Zona de Guerra?!? Você nem consegue dizer o nome do lugar ainda!

Aquela observação pareceu ferir a advogada, muito mais fundo do que Freitas pretendia. Quando ela largou a pasta repleta de documentos em cima do flutuador e se voltou para ele com os olhos cheios de raiva, ele se arrependeu.

— Eu não fugi. Eu também nunca concordei com nada disso, mas eu não virei as costas e dei no pé. Eu continuei aqui e me coloquei contra tudo e todos dos quais eu discordava, tentando ajudar as pessoas para que não fossem mandadas para aquele inferno onde você resolveu morar.

A voz de Renata estava trêmula e seus olhos rasos d'água. Ela gesticulava, segurando seu BPM como se fosse uma lâmina apontada para o rosto de Freitas.

— E você, Freitas? O que você fez? — ela concluiu, colocando ambas as mãos na cintura, numa atitude de quem tem certeza de que ganhou a discussão.

Freitas estivera ouvindo sem olhar diretamente para ela. Agora estava com a barriga encostada no flutuador, com a cabeça recostada sobre os dois braços cruzados no teto do veículo. Ele ficou alguns segundos em silêncio antes de dar um longo suspiro, virar-se e responder, desta vez olhando no fundo dos olhos da mulher.

— Eu fui ajudar as almas condenadas. Ninguém precisa de mais ajuda do que quem já está no inferno, Renata. Aquelas pessoas não têm acesso a mais ninguém que possa protegê-las ou levar um pouco de ordem àquele caos — ele disse com a voz calma, como quem explica algo a uma criança — Eu não posso resolver os problemas daqueles milhões de pessoas, mas consegui ganhar respeito o suficiente na Zona de Guerra para ajudar, pelo menos, algumas delas. E eu não faria nada diferente se pudesse escolher de novo.

As mãos de Renata se desgrudaram da cintura e seus braços caíram ao lado do corpo. Ela agora chorava abertamente, as lágrimas escorrendo em profusão, borrando sua maquiagem.

— Mas eu fiquei sozinha... todo esse tempo — ela disse, entre soluços, com dificuldade.

— Eu chamei você pra vir comigo — Freitas respondeu, buscando o lenço no bolso de trás da calça e oferecendo a ela.

— Eu... eu não conseguiria viver daquela forma — ela respondeu, aceitando o lenço e começando a limpar o rosto — Nossa! Você ainda anda com esses trapos nos bolsos de trás da calça?!?

Os dois começaram a rir e Freitas a puxou para um abraço. Ela se aninhou ali, com os braços junto ao peito, em silêncio, enquanto ele a embalava de um lado para o outro.

— Eu senti sua falta — ela disse, a voz ainda meio mole.

— Eu também senti a sua — ele respondeu — Preciso de um favor.

— EU SABIA! — ela gritou, dando um solavanco e empurrando Freitas para longe do abraço — Eu sabia que isso não era visita social.

As pessoas que saíam do Fórum da Barra e passavam pelo estacionamento indo em direção aos seus flutuadores presenciavam uma cena, no mínimo, interessante. Um homem gordo, vestindo um terno surrado, estava parado com as mãos nos bolsos ao lado de um flutuador. Ele estava calmamente assistindo a uma mulher, elegantemente vestida num tailleur, dar socos e pontapés no ar enquanto praguejava toda sorte de palavrões. Quando a mulher finalmente se cansou, atirou as coisas que estavam no teto do flutuador no banco de trás e se sentou no lugar do motorista. O veículo não se moveu e, então, o homem gordo deu a volta e entrou no lugar do carona.

Renata passou a mão na cabeça, tentando ajeitar o cabelo, mas Freitas sabia que, na verdade, aquele era um antigo cacoete de nervosismo. Ela enfiou o BPM no painel e o flutuador foi acionado, junto com a climatização artificial. Ela apontou duas das saídas de ar diretamente para seu rosto antes de falar.

— O que você quer, Freitas?

— Preciso de umas informações sobre uma investigação... e de um lugar pra ficar.

— Ah!!! E ainda por cima você quer ficar na minha casa? Que ótimo! Não quer o meu flutuador novo também?

— Pra dizer a verdade, eu ia precisar dele, sim.

Ela não respondeu e colocou as mãos no volante, iniciando o processo de partida. Os flutuadores não eram nenhuma novidade e já estavam completamente inseridos no cotidiano de todos os moradores das cidades dentro de Fronteiras. Os únicos que ainda tinham veículos que efetivamente usavam rodas eram colecionadores e as gangues das Zonas de Guerra.

O fluxo dos colchões de ar começou a empurrar o solo e o flutuador se ergueu alguns centímetros. Os geradores do campo magnético começaram a fazer seu trabalho à medida que Renata acelerava e girava o volante, fazendo com que o veículo se movesse horizontalmente com a mesma precisão que um automóvel faria, só que sem o inconveniente de precisar de rodas.

— Por que você não fica no seu apartamento? — ela perguntou, quando estavam saindo do estacionamento.

— Não sei se é aconselhável — ele respondeu, abrindo e fechando o porta-luvas — Eu encontrei o Rocha na Fronteira.

— Nossa! Faz muito tempo que eu não vejo o Rocha. Como ele está?

Renata já tinha alcançado a avenida principal que cruzava a

Barra da Tijuca e agora estava pisando fundo, cortando os outros flutuadores e ultrapassando os sinais no último segundo antes que se tornassem vermelhos. Freitas tinha esquecido o modo como ela dirigia e começou a procurar o cinto de segurança.

— Ele está bem. Aliás, bem demais pra eu confiar nele. Eu falei que ia ficar no meu apartamento, mas acho que não é uma boa ideia.

Renata percebeu que Freitas se remexia no banco do carona e alcançou um botão no painel. Duas barras acolchoadas de formato arredondado saíram do banco, ao lado do encosto de cabeça, girando em torno dos ombros de Freitas. Ele testou as barras com as mãos e viu que estava firmemente seguro no banco.

— Belo flutuador. Parece que você melhorou de... Ei! Você passou a entrada pro seu apartamento!

— Eu me mudei. Eu moro naquele condomínio que estavam construindo quando você foi embora. Aquele no caminho da pizzaria.

Freitas assobiou.

— Aquele que nós descartamos porque teríamos que vender as nossas almas pra comprar?!? Você melhorou MESMO de vida.

— Eu fiz um nome. Vários dos que eu consigo livrar de serem jogados do outro lado são ex-corporativos que deram algum golpe e estão cheios de créditos. Acredite em mim, eles pagam muito bem quando querem se livrar de serem exilados.

— Você ainda atende alguém que não possa pagar?

— Acho que você perdeu o direito de qualquer tipo de julgamento moral quando foi embora — ela respondeu, subitamente voltando a ficar nervosa.

Ele olhou pela janela, enquanto passavam pela segurança do condomínio de luxo, e esperou um segundo antes de responder.

— Não foi minha intenção fazer nenhum julgamento. Eu só queria saber. Eu lembro que você gostava de...

— Quando dá tempo. Eu ainda os atendo, sim. Só não posso mais me dedicar em tempo integral como antes.

— Que bom. Fico feliz.

Freitas resolveu ficar em silêncio até que Renata falasse de novo.

Ela merecia algum tempo para digerir tudo aquilo. A garagem do prédio era ampla e nem todas as vagas estavam ocupadas naquele horário. Renata estacionou numa bem próxima ao elevador que levava até o seu apartamento.

Freitas ficou olhando através dos vidros do elevador panorâmico enquanto se deslocavam até o vigésimo oitavo andar. Dali podia reconhecer vários dos lugares que frequentava antes de se mudar para a Zona de Guerra. A Barra da Tijuca parecia ter mudado muito naqueles seis anos. Ele reconheceu o megamall ao longe, com todas as suas expansões ocupando ainda mais espaço do que se lembrava, e várias outras construções imponentes que eram apenas esqueletos quando ele se fora. A voz feminina do elevador, anunciando a chegada ao andar desejado, trouxe Freitas de volta de suas recordações.

Renata colocou a mão sobre a placa biométrica, elegantemente instalada sobre um fino pedestal de metal polido, ao lado da porta de entrada do apartamento. Outra voz feminina, porém no mesmo tom monocórdico, saudou os recém-chegados.

— Olá, Renata. Não há holomensagens gravadas.

A porta de entrada se afastou sem emitir ruído algum e sem que alguém a tocasse. Após a entrada das duas pessoas, ela voltou a se fechar, tão silenciosamente quanto tinha se aberto.

Freitas estava olhando para um apartamento amplo e finamente decorado. Os móveis, certamente, não tinham sido escolhidos por Renata, pelo menos não sozinha, pois ele tinha certeza de que ela carecia do senso estético necessário para aquele tipo de arranjo. Um conjunto de sofás formava dois semicírculos ao redor de um holovisor de última geração que, ao detectar a presença da moradora, começou a aspergir o veículo gasoso para o início da projeção do canal programado para aquele horário. A voz do apresentador do noticiário local começou a ser ouvida no sistema de alto-falantes antes que a imagem tivesse acabado de se formar.

A varanda tinha o formato de uma onda e ocupava toda a extensão do apartamento, podendo ser acessada tanto da sala quanto dos quartos. Dali era possível ter uma visão privilegiada na direção do Recreio dos Bandeirantes, avistando-se o mar e o porto comercial à esquerda, os complexos comerciais e empresariais à direita.

Renata tinha escolhido bem. Daquela localidade, ela podia chegar rapidamente a qualquer uma das megacorporações no complexo empresarial, estava perto o suficiente de todo comércio de que precisava, não demorava a chegar ao Fórum e, o mais importante, estava bem longe dos muros da Fronteira. Dificilmente uma tentativa de invasão de gangue ou um ataque terrorista dos ambientalistas chegaria até aquele edifício. Outra vantagem é que aquele era um prédio compartilhado, ou seja, não pertencia a nenhuma corporação exclusivamente, o que diminuía consideravelmente as chances de ser alvo de algum ataque de retaliação contra qualquer uma delas.

Ela entrou por um corredor e só após abrir uma porta à esquerda voltou a falar. Ainda não parecia estar em seu estado normal.

— Este é o escritório. Se precisar acessar a rede, basta ligar seu BPM ao terminal e a mesa de controle vai se conectar.

Freitas colocou a cabeça para dentro e olhou ao redor. Aquele sim parecia um espaço com o jeito da mulher que ele conhecia. Completamente sem decoração, o cômodo tinha a mesa posicionada no ambiente da pior maneira possível, dificultando a passagem para o outro lado. Várias prateleiras instaladas de forma pouco simétrica nas paredes estavam abarrotadas de livros, a maior parte de direito. Freitas lembrou que, ainda como muitas pessoas, ela preferia manusear os livros a utilizar os arquivos nos holovisores. Após a rápida vistoria, ele deu um aceno de cabeça e continuou a segui-la pelo corredor.

— Aqui é o quarto de hóspedes — disse ela abrindo uma segunda porta — Aquela porta no fundo é um banheiro. Pode ficar à vontade. Vi que você não está carregando nenhuma bagagem...

— É. Eu não acho que vou demorar muito tempo. Muito provavelmente vou resolver tudo até amanhã à noite.

— Eu acho que têm algumas roupas antigas suas naquele armário em cima da porta do banheiro. Mas acho que elas não vão caber. Você engordou.

Dizendo isso, Renata desapareceu dentro da suíte principal, fechando a porta atrás de si.

— Ai! — exclamou Freitas, alisando e olhando para a barriga — Essa doeu.

5

Sebastião estava encostado contra as ruínas de uma das colunas de sustentação do que sobrara da rampa de acesso ao Maracanã. Estava ofegante e com a camisa empapada de suor colada ao corpo. O ferimento no braço esquerdo finalmente tinha parado de verter sangue, depois que ele fizera um torniquete com o cinto.

Estava ficando tonto, provavelmente pela perda de sangue, ou talvez fosse apenas medo. O cheiro de urina e fezes que impregnava o lugar onde tinha ido se esconder não estava ajudando em nada.

O ronco dos motores e os gritos enlouquecidos das torcidas eram ensurdecedores e impediam que ele conseguisse distinguir o som dos passos do homem que o perseguia. Só lhe restava esperar e rezar para que não fosse encontrado.

— Maldita hora em que eu resolvi vir nesse combate — pensou, enquanto testava se ainda conseguia mover os dedos da mão.

O Maracanã há muito tinha deixado de ser o palco dos grandes espetáculos esportivos. Os times profissionais, patrocinados pelas megacorporações, só participavam de jogos de futebol dentro de cidades protegidas por fronteiras, em estádios de última geração. Aquele velho templo do esporte, em sua atual forma, não se aproximava nem um pouco disso.

As gangues dominavam o estádio agora e o utilizavam para resolver disputas territoriais e outras desavenças quando as batalhas nas ruas começavam a ser prejudiciais para todos os lados. Era uma arena de combate na qual veículos pesados, motos e armas de toda natureza se misturavam num espetáculo de violência primitiva sem desfecho até que um dos lados estivesse completamente aniquilado. Em seu estado de completo abandono e destruição, o Maracanã lembrava o Coliseu de Roma. Aspecto de uma ruína antiga, mas o interior pulsando com o sangue de gladiadores modernos que lutavam pelas cores de suas gangues.

Um novo rugido da multidão trouxe Sebastião de volta. Tinha desmaiado por um segundo. Uma sequência de disparos de grosso calibre fez com que ele se encolhesse, sem ter certeza de que eram dentro do estádio ou se reservados para ele. As torcidas gritavam e atiravam para o ar, indicando que algum dos participantes do combate devia ter morrido de forma especialmente violenta.

Ele começou a ficar tonto novamente e percebeu que se demorasse mais iria morrer ali mesmo. Arriscou mover a cabeça para fora da proteção da coluna e deu uma espiada. Nem sinal do homem que o tinha alvejado.

— Vai ver, desistiu...

De onde estava, podia ver a avenida principal que passava ao lado do estádio. Se conseguisse chegar até lá, tinha uma grande chance de se salvar. Era uma avenida com um fluxo grande de motoqueiros das gangues, e o desgraçado que tinha atirado nele não teria coragem de executá-lo numa zona neutra, debaixo do nariz de tantos membros.

O Maracanã e seus arredores eram dois dos poucos lugares em toda a Zona de Guerra do Rio de Janeiro onde vigorava um acordo de não agressão entre todas as gangues da cidade. Ali os combates se restringiam aos que aconteciam dentro do estádio e ninguém, em muitos anos, tinha violado o acordo, pelo menos não de forma que os outros ficassem sabendo.

Sebastião respirou fundo e reuniu suas forças. Não tinha visto seu perseguidor e achava que muito provavelmente tinha desistido ou percebido que ele não possuía nada de valor que pudesse ser levado. Mesmo assim, decidiu que correria como um louco até a avenida e conseguiria um jeito de voltar para Jacarepaguá.

— Um, dois, três... — contou baixinho antes de sair correndo.

Passou rapidamente pela primeira e pela segunda coluna em seu caminho. Antes que pudesse alcançar a terceira, uma rajada de três tiros atingiu o tornozelo do pé que se projetava para frente para dar o próximo passo. O impacto foi tão grande que destroçou os ossos da perna de Sebastião e fez seu pequeno corpo dar uma meia volta no ar, indo aterrissar quase de costas no chão imundo do pátio sob a rampa.

— CARALHO! MEU DEUS DO CÉU! — gritava enquanto tentava segurar o que sobrara de sua perna. Os ossos que vinham de ambos os lados estavam expostos, mas não havia mais nenhuma conexão entre eles. As únicas coisas que ligavam o pé esquerdo à perna levantada eram filetes de músculo e pele retorcidos, que pareciam se desprender mais a cada convulsão. O sangue era despejado em jatos e uma poça comprida já tinha se formado ao longo do seu corpo.

O homem saiu de trás da coluna onde ficara esperando pacientemente que Sebastião tentasse alcançar a avenida. Ele caminhou calmamente até o local em que sua presa estava caída e se agachou ao seu lado. Ainda tinha a arma fumegante na mão.

— Que estrago, hein? — ele disse com um sorriso no rosto — Tá sangrando pra caralho.

— Meu BPM tá no meu bolso. Pode conectar que eu autorizo a transferência de tudo. Pelo amor de Deus, eu não tenho mais nada — disse Sebastião, com a voz fraca e a pele pálida devido à perda de sangue — Eu não sou de gangue... Eu não sou de gangue nenhuma.

— Eu sei que você não é de gangue, Bastião. Que gangue ia querer um merda que nem você? E pode enfiar essa mixaria desses créditos que você ganhou naquele emprego de filho da puta no cu — disse o homem, afinando a voz e falando cantado para zombar do ex-porteiro caído — Você achou que ia ficar do lado de dentro? Que a Zona de Guerra não ia te pegar?

— Eu não vi nada... Eu não vi nada... — a voz de Sebastião já era quase um sussurro. Ele olhava para seu algoz, mas as feições do rosto e o lenço que identificava a gangue a que pertencia já perdiam o foco e a cor.

— Ah, mas a gente não pode ter certeza disso... Pode? — disse o homem enquanto guardava a arma, enfiando o cano no coldre pendurado na parte da frente da calça jeans.

Ele levantou a perna direita da calça e sacou uma peixeira de dentro da bota de cano alto. Girando-a com os dedos, fez questão de colocá-la bem à vista de Sebastião.

— Mas podemos ter certeza de que você nunca mais vai poder contar nada pra ninguém.

O homem se debruçou num bote rápido sobre Sebastião. Os gritos foram encobertos por uma nova manifestação violenta das torcidas dentro do estádio. Alguém fora mutilado também do lado de dentro.

O último pensamento do porteiro antes de abraçar a escuridão foi para a cama que desdobrava de dentro da parede e que ele nunca tivera a chance de usar com a empregada gostosa do 503.

6

Você trabalha aqui há muito tempo? — perguntou Freitas, tentando acabar com o silêncio incômodo que se instalara no elevador que subia em direção à cobertura.

— Não, senhor. Não tem nem três semanas — respondeu o porteiro, secamente e com a voz afetada, sem se virar para o fundo da cabine onde Freitas estava encostado.

— Sei. O prédio é calmo? Você sabe quanto é o condomínio?

Freitas se desviou um pouco do assunto, não querendo afugentar sua única fonte de informações.

— Como eu disse para o senhor lá embaixo, todas essas informações técnicas são de responsabilidade da imobiliária. Eu só fiquei incumbido de mostrar o apartamento para os interessados.

As portas do elevador se abriram, logo após a voz feminina anunciar a chegada ao quadragésimo andar. O porteiro se colocou de lado e deixou Freitas sair primeiro.

Não era um corredor, e sim um hall decorado como se fosse uma pequena sala de estar. Quatro poltronas com aparência confortável circundavam uma mesa de centro com vários livros antigos de arte e de fotografia, impecavelmente arrumados em leque. Perto da parede, diretamente em frente ao elevador, dois pedestais, muito parecidos com o que Freitas tinha visto na casa de Renata, apoiavam as placas de leitura biométrica. Cada uma das placas tinha uma pequena gravação com o número do apartamento correspondente. O porteiro se dirigiu para a placa do 4001.

— Visitante agendado. Carlos Freitas — disse o porteiro, após o computador ter acatado seu toque e pedido, na onipresente voz feminina, o reconhecimento vocal.

A porta da esquerda se abriu e o porteiro fez um amplo movimento com o braço, indicando o caminho a Freitas.

— O senhor quer que eu mostre o lugar?

— Claro. Com só dois apartamentos por andar, eu tenho medo de não achar a saída.

O porteiro não riu. Limitou-se a entrar, após o detetive, e girar ao redor de si mesmo num movimento brusco, como uma bailarina, para ver a porta se fechar.

Freitas deixou que o antipático e estranho funcionário do prédio mostrasse todo o apartamento, a partir da cozinha, passando pelas três salas com usos diversos e pelos muitos quartos, até que chegaram aos lugares em que ele estava realmente interessado, a sala principal e a varanda.

— Existe um segundo andar?

— Não. É uma cobertura linear. Tem quatrocentos e quinze metros quadrados e dependências completas. O prédio foi construído pela Rinehardt Corporation com a última palavra em tecnologia de...

O detetive juntou as mãos atrás das costas e começou a andar em círculos pela sala, sem prestar atenção no monólogo decorado pelo andrógino porteiro. Agora estava concentrado nos detalhes do ambiente, os quais sabia que dariam algumas das respostas que ele estava procurando.

Deu as costas para as portas de correr da varanda e ficou analisando a parede do outro lado da sala. Percebeu um grande retângulo ligeiramente mais escuro que o resto da parede nua.

— O apartamento foi pintado? — perguntou, enquanto caminhava em direção à parede.

O porteiro deu um breve suspiro, parecendo irritado com a interrupção do texto que tinha demorado tanto para decorar.

— Sim. Foi completamente pintado nas cores originais de quando o prédio foi construído. As moradoras anteriores tinham um gosto por cores chamativas e o pessoal da imobili...

— Mas tem uma área mais escura aqui — ele interrompeu novamente o porteiro — Está vendo, uma marca grande?

— Bem discreta, mas sim, eu estou vendo. Tenho certeza de que, se o senhor estiver realmente interessado, a imobiliária não vai se negar a dar uma nova mão de...

— Tinha alguma coisa pendurada aqui. Alguma coisa pesada — disse Freitas, alisando a parede com ambas as mãos — Está vendo essas depressões nos cantos do retângulo? São buracos que foram emassados. Buracos de alto calibre. Era algo muito pesado.

Freitas não estava falando exatamente com o porteiro, mas consigo mesmo. Era um hábito que tinha adquirido depois de tanto tempo como investigador de uma das polícias corporativas, sempre acompanhado de um parceiro para investigar a cena de um crime. Dividir as impressões que tinham sempre ajudava a esclarecer os pontos obscuros. Quando começou a trabalhar sozinho como investigador particular, percebeu que não conseguia pensar em voz baixa, pelo menos não quando estava procurando pistas.

— Você já estava aqui quando o apartamento foi esvaziado?

O porteiro não respondeu. Estava distraído examinando as próprias unhas de maneira bastante efeminada, ao menos foi o que Freitas pensou enquanto o encarava.

— Oh, desta vez, o senhor ESTÁ falando comigo! — disse o porteiro de forma sarcástica, depois que sentiu o silêncio e o olhar pesado de Freitas — Não. Como eu JÁ disse, não tem nem três semanas. Só cheguei a tempo de ver os homens da reforma.

O detetive não se preocupou em responder a ironia do porteiro. Afastou-se andando de costas, sem perder de vista a mancha na parede. Quando chegou perto das portas de correr da varanda, ele se virou e começou a dar atenção à outra parte do quebra-cabeças.

Passou a mão pelo sensor que acionava as portas de plastvidro escurecido e sentiu a luz e o vento morno que vinham do lado de fora, quando elas deslizaram para fora do caminho. A varanda era enorme. Ocupava metade da fachada e se separava da área do vizinho por uma parede alta com a lateral de forma arredondada projetando-se para fora do edifício. Parecia muito difícil que alguém conseguisse passar por ali em segurança. Freitas caminhou em frente e colocou a mão sobre a mureta que o separava do abismo de quarenta andares. Passou a mão por toda a superfície, andando de uma ponta à outra da varanda, sem nunca olhar para baixo. A construção era sólida e ele não notou nenhuma falha na segurança que pudesse ocasionar uma queda acidental.

O porteiro estava encostado no portal da varanda, apoiado na perna esquerda, com a direita cruzada por cima. Tinha tirado uma lixa de unha do bolso da camisa e trabalhava meticulosamente a sua mão esquerda, só levantando os olhos de vez em quando para observar o estranho pretendente ao apartamento. Esperou pacientemente enquanto aquele gordo deselegante voltava do lado mais distante da varanda em direção às portas de plastvidro.

— Terminamos? — perguntou o porteiro, sem tirar os olhos das unhas e sem a menor convicção de que aquele homem tivesse condições de alugar qualquer apartamento no prédio.

— Só mais uma coisinha.

Freitas se virou bruscamente e correu para o lado de fora. Imprimiu toda a velocidade que seu físico permitia. Quando alcançou o fim da varanda, espalmou as mãos para se proteger do impacto contra a mureta, desacelerando quase que instantaneamente. O resultado foi que a parte de cima de seu corpo ficou debruçada para o lado de fora, olhando diretamente para a rua, bem longe, lá embaixo.

— AAAAAAiiiiiiiiiiiiiiiiiiiiiiii! — gritou o porteiro, com a voz muito fina e levando a mão com as unhas feitas ao peito — Que horror! Você me mata!

Freitas ignorou o ataque do porteiro e fez um sinal com a mão direita para que ele se aproximasse, sem sair da posição em que se encontrava.

— Vem ver uma coisa.

O porteiro se aproximou com passos vacilantes. Quando chegou onde Freitas estava pendurado, deu uma espiadela e refletiu melhor sobre a proximidade com aquele maluco. Deu dois longos passos para o lado, afastando-se de Freitas, e só então se apoiou na mureta para olhar para baixo.

— Tá vendo?

— Vendo o que, homem de Deus? Tá maluco?!?

— Os flutuadores lá embaixo.

— Aaiiiii, não vai me dizer que roubaram seu flutuador! — disse o porteiro colocando as mãos na cintura, indignado — Só pode ter sido um desses filhinhos de papai corporativo, viciados em drogas sintéticas. Os pais largam os filhos dentro dos condomínios achando que tão sendo bem-criados...

— Não!!! — disse Freitas, acabando com o discurso do seu parceiro momentâneo — Presta atenção na distância da portaria até a rua onde os flutuadores tão estacionados. Tem um jardim, depois um pequeno lance de escadas e ainda tem a calçada. Nem que eu corresse e me jogasse com toda a minha impulsão, ia conseguir cair em cima dos flutuadores, mesmo que não tivesse a mureta.

— Meu Deus, o homem é louco de pedra!!! Tá querendo se jogar — o porteiro sussurrou baixinho para si mesmo.

Freitas já tinha se desligado novamente e não o ouvia mais. Já descobrira o que queria ali. Ele se levantou do parapeito, virou-se e saiu andando em direção ao hall de entrada das duas coberturas, seguido pelo porteiro esbaforido.

Enquanto descia sozinho no elevador os quarenta andares do edifício de luxo, pensou o quanto Vivian estava certa. Sua amiga não tinha se suicidado. Ela tinha sido jogada, ou melhor, arremessada do apartamento onde vivia até a rua lá embaixo. Mas que força poderia arremessar um corpo àquela distância, mesmo o corpo de uma mulher.

— "Como" e "por que", Freitas. "Como" e "por que" — ele disse olhando o próprio reflexo no espelho do elevador — Responda essas duas e o "quem" fica fácil.

Ele saiu da portaria e passou pelo jardim, pulando de uma só vez o lance de quatro degraus da pequena escada que levava até a calçada na frente do prédio. Arrependeu-se quando pousou sobre o calcanhar direito. Uma agulhada seguida de uma forte ardência se espalhou pela sua panturrilha. Ele mancou até o flutuador de Renata, prometendo a si mesmo que no dia seguinte começaria uma nova dieta e uma série de exercícios.

O veículo, programado por Renata naquela manhã para reconhecer o BPM de Freitas, começou a ligar os sistemas. O detetive deu ré e saiu da vaga antes que todos os sistemas estivessem prontos e antes que o flutuador estivesse na altura ideal sobre os colchões de ar, o que acarretou uma série de apitos e luzes de protesto no painel. Ele não prestou atenção.

Em pouco tempo já tinha se afastado do condomínio e estava em uma das avenidas principais da Barra da Tijuca. Resolveu pegar o caminho mais longo para a casa de Renata, o que passava pela praia. Fazia anos que ele não via o mar.

Quando se aproximou o suficiente, desligou a climatização artificial e desceu todos os plastvidros do flutuador. Assim que entrou no acesso que levava para o alto do dique, sentiu o cheiro da maresia. Já no topo, pegou o primeiro retorno e seguiu na avenida em direção ao início da Barra, quinze metros acima do nível da rua.

O dique, construído para impedir que o aumento do nível do mar destruísse o que era importante para as grandes corporações, estava ainda mais imponente do que Freitas se lembrava. A vista dali era maravilhosa, e ele podia discernir um grande número de cargueiros e transatlânticos, indo e vindo no horizonte.

O porto comercial e turístico ocupava grande parte da orla do Recreio dos Bandeirantes, com uma infraestrutura completa de hotéis e entretenimento.

Alguns dos pacotes mais caros incluíam visitas à Zona de Guerra em carros de combate, onde os turistas tinham permissão para

— RIO: ZONA DE GERRA —

manusear as armas e atirar em qualquer coisa que se movesse. As corporações responsáveis pelos passeios anunciavam que era tudo muito seguro, pois a vigilância era reforçada e os veículos não se afastavam muito da Fronteira, o que diminuía consideravelmente a chance de se encontrar alguém realmente, mas Freitas sabia de algumas histórias de massacres promovidos pelas gangues e de atentados atribuídos a grupos ambientalistas que tinham aniquilado completamente os invasores.

— Não que eles não merecessem — pensou Freitas.

Um apito incômodo desviou a atenção de Freitas da paisagem, de volta para o painel. Era o sensor de estacionamento, avisando que a traseira do flutuador estava muito próxima a um obstáculo.

— Mas, o que...

Freitas não teve tempo de ver o flutuador de plastvidros enegrecidos na tela do retrovisor antes da primeira batida. Sua cabeça chicoteou para frente e para trás enquanto lutava com o volante, tentando evitar a mureta externa do dique.

— Filho da puta!!! — ele disse, vendo que seu perseguidor se aproximava para abalroar novamente o seu flutuador. Àquela velocidade não ia ser difícil jogá-lo para fora da pista. Freitas acelerou.

Os geradores do campo magnético zumbiram alto, respondendo ao comando do motorista. Ao mesmo tempo em que aumentavam a velocidade horizontal, tornavam o veículo mais estável, intensificando a atração com o solo.

Freitas começou a ziguezaguear, tentando colocar outros flutuadores entre ele e o outro, mas não conseguiu perdê-lo de vista.

O perseguidor acelerou ainda mais e deu uma nova pancada no flutuador, fazendo com que a lateral do veículo se arrastasse por vários metros na mureta. Freitas deu um novo solavanco entre o banco e o volante.

— Ah, é? Vamos ver se você gosta disso, seu merda — Freitas sacou sua Princesa e jogou o flutuador o mais para o centro da pista que conseguiu — Computador, ao meu sinal desligue os geradores do campo magnético.

— Violação dos protocolos de segurança. Desativar os geradores do campo magnético nesta velocidade deixaria o veículo sem controle e seria muito perigoso para o passageiro — disse a voz feminina, sem nenhuma emoção.

— DESATIVAR OS PROTOCOLOS DE SEGURANÇA POR ORDEM DO CONDUTOR — gritou Freitas, vendo o perseguidor crescer na tela do retrovisor — AO MEU SINAL... AGORA!!!

Com o campo magnético desligado, o flutuador estava completamente sem controle sobre os colchões de ar, indo na mesma direção apenas pela força da inércia. Quando o veículo foi abalroado novamente na traseira, ele girou sobre o próprio eixo e ficou deslizando de lado, com a janela do motorista virada de frente para o flutuador do perseguidor. Freitas estava pronto com sua Princesa apontada para o lugar do para-brisas enegrecido onde sabia estar o inimigo.

Ele espremeu o gatilho e o manteve pressionado, fazendo com que várias saraivadas de três projéteis fossem se chocar contra o plastvidro quase no mesmo ponto. A primeira e segunda sequências de disparos causaram apenas rachaduras no material sintético blindado, mas os demais projéteis entraram com tudo no veículo.

— Toma isso, filho da puta! — a boca de Freitas se movimentou, mas o som foi encoberto pelos estampidos repetidos de sua Princesa.

O flutuador do perseguidor virou repentinamente para a direita, indo se chocar contra a mureta que separava a pista do espaço sobre o mar. A velocidade em que se deslocava não foi suficiente para partir completamente a proteção, fazendo com que o veículo ficasse somente com a dianteira para fora, mas um flutuador que não conseguiu parar a tempo se chocou violentamente contra sua traseira. A mureta de proteção fez o papel de rampa e o flutuador subiu cerca de três metros antes de começar o mergulho em direção às ondas que se chocavam contra o dique.

Freitas assistia a alguma distância enquanto seu flutuador perdia o que restara de impulsão, arrastando-se contra a mureta interna. Vários outros veículos pararam em ambas as pistas e um grande

— RIO: ZONA DE GERRA —

engarrafamento começou a se formar nas duas direções. Um homem de terno correu para o flutuador de Freitas, na intenção de ajudar caso houvesse alguém ferido, mas recuou assustado quando percebeu que ele ainda empunhava sua Princesa.

O detetive abriu a porta do flutuador e devolveu a arma ao aconchego da axila esquerda antes de começar a cruzar a pista. Caminhou lentamente, sem se preocupar com os olhares e perguntas que os motoristas lançavam. Quando alcançou o buraco deixado na mureta pelo perseguidor, colocou as mãos na cintura e se arqueou um pouco para olhar lá para baixo. O único sinal que viu do flutuador do outro foi um grande círculo de espuma, provavelmente provocado pelos colchões de ar do veículo, ainda ligados. O desgraçado já tinha afundado.

Repentinamente, um vento forte começou a atingir Freitas e a levantar as laterais de seu paletó. O efeito veio junto com um chiado abafado que o detetive reconheceu instantaneamente. Ele olhou para cima, tentando proteger os olhos do vento e da luz com a mão espalmada diante dos olhos.

Três cabos atingiram o meio da pista, seguidos por policiais corporativos deslizando por sua extensão. Usavam armaduras negras e, assim que tocaram o solo, formaram um círculo, apontando as miras laser de seus rifles de assalto para Freitas. Ele olhou para baixo e viu os minúsculos pontos vermelhos dançando em seu peito.

Os homens de negro desciam de um helicóptero de porte pesado, fortemente blindado, que pairava suavemente a alguns metros de onde o detetive estava. Freitas tinha se esquecido de como aquelas coisas podiam ser silenciosas quando estavam no modo de espionagem.

O helicóptero também era negro e tinha nas laterais a marca da Rinehardt Corporation. Freitas também pôde ver a identificação da megacorporação nas armaduras dos policiais corporativos quando eles se aproximaram.

— Nossa! Que surpresa vocês terem sido os primeiros a chegar! E nem estamos na sua área específica de patrulhamento — disse

Freitas, a voz carregada de sarcasmo enquanto colocava as duas mãos com os dedos entrelaçados atrás da nuca.

Um dos policiais corporativos girou o rifle de assalto ao redor do corpo, fazendo com que ficasse pendurado pela alça em suas costas. Ele retirou uma lata de spray de um suporte lateral do cinto e apontou para o detetive.

— Vire-se — disse a voz amplificada pelos alto-falantes do capacete.

Freitas conhecia o procedimento. Virou-se e cruzou os braços nas costas, segurando cada antebraço com a outra mão.

O policial corporativo acionou o spray e disparou a espuma consistente contra os braços de Freitas. Em milésimos de segundo, a grossa camada formada nas costas do detetive se solidificou, impedindo qualquer tipo de movimento que envolvesse seus membros superiores.

Os outros dois se aproximaram e se colocaram a cada um dos lados de Freitas, segurando seus ombros com firmeza. O que tinha disparado o spray imobilizante enfiou a mão diretamente sob a axila esquerda do detetive, retirando sua Princesa do coldre.

— Seja gentil com ela.

Os policiais corporativos começaram a conduzi-lo para o centro do círculo de flutuadores desordenados e da multidão que se formou para ver a ação de guerra, tão incomum na Barra da Tijuca. O truculento helicóptero se dirigiu para a única área onde podia pousar com segurança, fazendo com que um dos trens de pouso aterrissasse sobre a dianteira do flutuador de Renata. O veículo se contorceu e desabou sob as toneladas de metal do gigante voador.

— Ah, que ótimo! O corretor de seguros da Renata vai adorar essa — disse Freitas enquanto era jogado dentro do helicóptero para levantar voo rumo ao desconhecido.

7

— Rita de Cássia?!? — ela repetiu a pergunta, admirada, como se não pudesse acreditar na resposta que ouvira de Freitas da primeira vez.

— É, Rita de Cássia.

— Esse é o nome da tal prostituta assassinada?

— Isso — respondeu Freitas.

— Mas esse é o nome de uma santa!

— E daí, Renata? Você acha que os pais dela sabiam que ela ia crescer e virar puta?

Renata ficou em silêncio enquanto desciam as escadarias do fórum. Era madrugada quando finalmente conseguira despachar com o juiz corporativo de plantão para livrar Freitas dos labirintos jurídicos criados pelos advogados da Rinehardt Corporation para impedir sua soltura. Àquela hora, o fórum e a rua diante deles estavam desertos.

Ela havia colocado uma condição para ajudá-lo. Que ele contasse toda a história –a verdadeira – sobre por que tinha voltado para dentro da Fronteira tão repentinamente.

— E essa outra prostituta foi até a Zona de Guerra contratar você pra descobrir quem matou a amiga? — Renata continuou.

— Isso.

— Acho que eu li algo sobre o que você está falando — disse Renata, chegando ao fim das escadarias e procurando em volta o táxi que havia pedido — mas, se bem me lembro, todos os holonoticiários falavam em suicídio.

— Vai por mim, nem que ela fosse a campeã mundial de salto em distância, aquilo poderia ter sido suicídio. Ela foi morta... assassinada... eu ainda não sei como e nem por que, mas foi.

— Sei. Mas de qualquer forma, onde essa tal prostituta que te procurou arrumou os créditos pra pagar a quantia que você mencionou?

— Ela vai me pagar com trabalho.

Renata colocou as mãos na cintura, bufou e olhou em volta mais uma vez em busca do táxi, sem conseguir esconder a irritação com a resposta.

— Tô brincando — Freitas completou, percebendo que a piada não tinha sido bem-aceita — Ela tem um boneco que tá pagando pra ela.

— Um boneco?

— É, um boneco. Um corporativo otário que é fixo dela. E você tem só uma chance pra adivinhar em qual corporação ele trabalha.

— Rinehardt.

— Bingo. Não é muita coincidência eles terem chegado primeiro no local onde tentaram me apagar? Deve ter sido esse canalha mijão que me entregou de bandeja. Eu tenho essa sensação de estar sendo vigiado desde que deixei a Zona de Guerra.

— Qual o nome do corporativo? Talvez eu conheça. Posso pedir pra uns amigos darem uma investigada.

— Eu acho que tenho o holocartão dele aqui — Freitas respondeu enquanto tirava uma série de objetos e papéis dos bolsos do paletó.

— Você continua organizado...

— É o meu charme, meu bem — ele respondeu enquanto separava o holocartão que procurava de uma série de pequenos lembretes amarrotados, a maioria com datas impreteríveis para o início de sua dieta — Ah, taqui.

Com o contato do dedo do detetive, o holocartão emitiu uma pequena luminescência que formava a logomarca tridimensional da Rinehardt Corporation a alguns milímetros de sua superfície. Renata pegou a identificação da mão de Freitas, virou-a nas mãos e fez um sinal negativo com a cabeça.

— Bruno Feuer... Não, não conheço. Mas deixe o cartão comigo que eu vou tentar descobrir quais são as intenções dele.

— Precisava de mais um favor.

Nesse momento, Renata deu dois passos rápidos para a rua, agitando os braços para chamar a atenção de um táxi que cruzava em frente ao fórum.

Freitas colocou o indicador e o polegar direitos nos cantos da boca, assoprando com força. O assobio fino, curto e muito alto fez com que Renata encolhesse os ombros e tentasse proteger os ouvidos, mas foi bem-sucedido em chamar a atenção do flutuador amarelo.

— Mais um? Pelas minhas contas já são alguns favores e mais a franquia do seguro do meu flutuador novinho — disse Renata, ajeitando o tailleur na altura da cintura e voltando para calçada.

— Eu preciso que você descubra quem é e onde encontro o porteiro que estava de plantão no dia em que a prostituta morreu — disse Freitas, indo direto ao assunto e dando a entender que não estava contando os favores que devia.

O táxi parou ao lado dos dois e Freitas se adiantou para abrir a porta traseira para Renata. Ela entrou e começou a chegar para o outro lado do banco, mas Freitas bateu a porta, permanecendo do lado de fora.

— Ei! Você não vem?

— Não. Preciso encontrar uma pessoa e tirar uma dúvida que está me matando.

— Mas a essa hora? — ela retrucou colocando o rosto para fora da janela, o táxi já começando a se movimentar sobre os colchões de ar.

— Putas não dormem cedo — ele respondeu, já correndo, com os dedos da mão direita indo deformar a boca para assobiar para outro flutuador amarelo que despontava pela avenida.

O táxi que Freitas pegou rumou na direção contrária à qual o de Renata estava indo. Vivian morava em um apartamento no Recreio, segundo os detalhes que Freitas tinha recebido dela pela rede.

— Não vou conseguir esperar até amanhã — ele pensou, enquanto olhava distraidamente o borrão em que a paisagem tinha se transformado. O taxista pisava fundo nas ruas desertas da Barra da Tijuca — Preciso saber se ela está nisso com o Feuer. Mas por que ela iria me contratar para me foder depois?

Freitas pensou durante todo o percurso até o Recreio, mas não conseguiu chegar a nenhuma conclusão que parecesse viável. Além disso, ele sempre fora um bom julgador de caráter e tinha simpatizado muito com Vivian.

— Ah, merda. Estou caído por uma puta.

— Isso acontece nas melhores famílias. A minha mulher mesmo não é das mais santas. Mas quem é maluco de atirar a primeira pedra? — disse o taxista — São trinta e dois créditos.

Freitas não percebeu que estava falando em voz alta, nem que já tinham chegado à portaria de um prédio afastado da avenida principal. Sem responder o comentário do taxista, ele encaixou o BPM na abertura que ficava nas costas do banco do carona e fez a transferência do valor da corrida. Ele deixou o táxi e andou em um pequeno caminho de pedras em direção ao portão automático.

Apesar de ter vinte e cinco andares, aquele era considerado um prédio pequeno e reservado para os padrões de dentro da Fronteira. Tinha apenas cinquenta apartamentos e, apesar de não ser uma das construções de luxo das megacorporações, era extremamente moderno e confortável. Era perfeito para o tipo de profissão que Vivian praticava. Não ficava perto da grande movimentação das avenidas, tampouco chamava muito a atenção.

Uma voz feminina sem emoções se fez ouvir quando Freitas se aproximou.

— Edifício Residencial quinze-zero-oito. Em que posso ser útil?

— Apartamento 2302, Vivian Ballesta — respondeu o detetive.

— Senhor, a senhorita Ballesta deixou um aviso de não perturbe.

— Ignore a ordem e ligue para o apartamento. Diga que Carlos Freitas está aqui e precisa falar com a senhorita Ballesta, imediatamente.

— Este programa recebeu ordens específicas de...

— Utilize seu protocolo de segurança, de emergência ou qualquer outro nome que o seu programador tenha criado — interrompeu Freitas, tão sem emoção quanto a voz à qual se dirigia. Ele sabia que o programa não podia ser intimidado, mas que a lógica que o comandava podia ser subvertida.

— Qual é a emergência, senhor?

— Eu estou em perigo e só a senhorita Ballesta pode me ajudar.

— Não detecto nenhum tipo de perigo iminente ao redor do...

— O perigo está dentro do apartamento da senhorita Ballesta — interrompeu Freitas — É por isso que você não consegue detectá-lo. Você não tem acesso aos sensores internos dos apartamentos, tem?

— Este programa não tem acesso aos programas de controle internos. Mas o senhor está aqui... Não é lógico que o perigo que ameaça o visitante esteja lá...

— A senhorita Ballesta também está em perigo. Eu tenho que salvá-la do perigo lá dentro para que ela me salve do perigo aqui fora. Acesse seu protocolo de segurança e faça a ligação.

— Não é lógico. Se há perigo dentro e fora das instalações, não há lugar seguro para nenhum...

— O que é perigo para mim não é para a senhorita Ballesta — Freitas cortou a voz novamente — E o que é perigoso para a senhorita Ballesta não me coloca em risco. Faça a ligação.

— A resposta lógica é que a senhorita Ballesta troque de lugar com o visitante, assim ambos ficarão seguros. Acessando protocolos de segurança.

Freitas olhou em volta mais uma vez enquanto aguardava, apenas para ter certeza de que não estava sendo vigiado. Ficou imaginando o que os moradores de todos os prédios da Barra da Tijuca fariam se soubessem que os programas que guardavam suas casas durante a noite podiam ser enganados com meros jogos de palavras. Será que prefeririam contratar mão de obra da Zona de Guerra, como o porteiro desaparecido do prédio no qual a prostituta tinha sido assassinada? Certamente, ele teria sido inteligente o suficiente para não cair na conversa que Freitas usou para enrolar o programa.

Tinha aprendido aquele pequeno truque com um hacker que prendera nos seus tempos de Polícia Corporativa. Todos os grandes — ou, pelo menos, os que se atreviam a invadir sistemas das megacorporações — sumiam ou eram contratados. Aquele tinha dado sorte e hoje devia estar perdido nos labirintos de um dos prédios gigantescos, junto com os outros ratinhos de laboratório.

— Sim — uma voz feminina, completamente diferente da voz sem emoções do programa, despertou Freitas de suas lembranças.

— Sou eu, Vivian... Carlos Freitas — disse o detetive, aproximando o rosto do comunicador e da câmera acoplada.

— Aconteceu alguma coisa? — disse Vivian, com uma voz que pareceu a Freitas carregada de genuína preocupação.

— Sim... Não... Bom, algumas... — Freitas surpreendeu a si mesmo, ficando sem jeito.

— Suba.

O portão externo deslizou sem ruído, revelando um caminho que atravessava um jardim bem cuidado e levava à entrada principal do edifício.

Freitas caminhou até o hall onde o elevador já esperava por ele. Ficou todo o percurso de subida se arrumando perante o espelho, tentando fazer o terno amarrotado ficar com uma aparência menos desprezível. Desistiu antes mesmo que o elevador passasse do oitavo andar.

— Vigésimo terceiro andar — disse a voz feminina que o recebera do lado de fora alguns segundos depois.

A porta do elevador se abriu e Freitas ganhou o hall do andar de Vivian. Antes que ele cruzasse o espaço que o separava do apartamento, a porta se escancarou e um homem com ar de poucos amigos saiu andando com passos largos em direção ao elevador ainda aberto. Ele usava uma camisa social desabotoada e uma cueca boxer de marca. Segurava na mão esquerda as calças e na direita, os sapatos. Um par de algemas pendia do pulso direito, a extremidade aberta batendo displicentemente no solado do sapato no ritmo de sua caminhada.

O homem lançou um olhar de ira para Freitas enquanto cruzava com ele e foi se encostar com os braços cruzados no fundo do elevador. Quando percebeu que ainda usava as algemas em um dos pulsos, largou os sapatos e começou a vasculhar os bolsos da calça que segurava, provavelmente em busca das chaves. Sussurrou alguns palavrões durante o processo.

Duas vozes femininas fizeram Freitas voltar sua atenção para a porta novamente. Vivian saía do apartamento acompanhada de uma mulher loira tão bonita quanto ela.

— Espero que vocês não tenham ficado aborrecidos — disse Vivian.

— Esquece isso, menina. A gente marca pra outro dia.

— Eu sei, é que seu marido pareceu bem chateado.

— Ah, Vivian. Todo mundo tem problemas. Ele pode esperar pelo presente de aniversário até o fim de semana. Pode deixar que, quando chegarmos em casa, eu consolo ele com um daqueles truques que você me ensinou.

Vivian acompanhou a convidada até a porta do elevador. A mulher loira se virou antes de entrar e a abraçou, dando um profundo e demorado beijo de língua, ao qual Vivian correspondeu com entusiasmo, devolvendo o abraço e as carícias. Freitas ainda podia ver o homem dentro do elevador o encarando por cima dos ombros das duas, parecendo ainda mais irritado com a demonstração do que estava perdendo.

Quando finalmente o elevador partiu com os convidados, Vivian se virou para Freitas e encostou-se nas portas, com as mãos escondidas atrás do corpo. Usava um robe de seda curto que marcava as formas de seu corpo, principalmente os bicos dos seios completamente intumescidos, ainda sob o efeito do beijo em sua visitante. Não parecia vestir mais nada por baixo daquela peça, pois Freitas podia discernir a forma de seus pelos na altura do púbis. Ela ficou ali parada durante o que pareceu um longo tempo, olhando para ele e sorrindo.

— Que foi? — Freitas perguntou, não conseguindo evitar um sorriso também.

— Estou decidindo — ela respondeu.

— Decidindo o quê?

— Se vou descontar o que deixei de ganhar hoje do que tenho que pagar a você — ela abriu um largo sorriso.

— Não faça isso. Certamente, pelo que você vale, eu ia ficar devendo pelo resto da vida.

— Touché, novamente, Freitas. Entra. Vou preparar alguma coisa pra você beber enquanto conversamos.

Ela liderou o caminho para dentro do confortável apartamento. Freitas reparou as almofadas do sofá desarrumadas e as peças de roupa que ela provavelmente estava vestindo espalhadas pelo chão. Vivian pareceu não se importar.

— Senta — ela disse.

Freitas pegou uma das almofadas e colocou na posição correta, tentando não pisar acidentalmente em uma das peças espalhadas pelo chão. Largou-se no sofá e ficou olhando para ela.

— Você bebe o quê? — ela perguntou, voltando-se para ele e recostando-se num móvel espelhado instalado na parede ao lado da porta da varanda.

— O que você tem?

— Aposto que preparo o que você quiser — ela disse, voltando a mostrar o sorriso irresistível.

— É mesmo? — ele disse em tom de desafio — Então eu vou querer um... um Fallen Angel.

Vivian abriu ainda mais o sorriso, virou-se para o armário e apanhou um copo misturador de metal reluzente. Freitas podia distinguir diversos tipos de garrafas, copos e utensílios de onde estava.

— Apropriado... Gim, creme de menta — ela começou a recitar

enquanto despejava os ingredientes dentro do copo misturador —
suco de limão e licor amargo.

— Parece que você sabe o que está fazendo.

— Três anos como barwoman no aeroporto corporativo da Barra
para conseguir o meu primeiro visto para a Fronteira — ela disse,
olhando para ele pelo reflexo do espelho.

Ela tapou o misturador com um copo largo e sacudiu
vigorosamente. Destampou e cheirou o resultado.

— Huuuumn, fazia tempo que eu não preparava um destes... Vou
precisar de um copo de coquetel.

Ela se esticou para apanhar um copo na porta de cima do armário
e o movimento fez com que o robe subisse e revelasse suas nádegas
brancas e firmes.

Freitas não conseguiu desviar o olhar da cena. Ele estava certo
quando pensou que ela não estava usando nada por baixo. O curioso
é que ele tinha certeza de que vira copos de coquetel exatamente
como aquele em que ela serviu a bebida no armário do meio. Também
tinha quase certeza de que cruzara com os olhos dela no espelho
quando ela se esticou.

Ela caminhou na direção de Freitas, provando do copo antes de
lhe entregar.

— Vou ficar devendo a cereja. Sou viciada nelas e nunca consigo
guardar para as bebidas. Boa escolha. É um dos meus preferidos.
Conhecia de onde? — ela perguntou, sentando-se numa poltrona
diretamente em frente ao detetive. Pegou uma almofada no chão
e colocou sobre o colo, escondendo as pernas. Freitas achou a
mudança de atitude irresistível e tentou esconder o sorriso sorvendo
o conteúdo do copo.

— Eu também tive meus dias de bar. Policiais corporativos tendem
a beber além da conta. Você não vai tomar um?

— Eu só provo, nunca bebo. Não gosto de perder o controle.

— Sei. Você deve ser boa nisso... em controle, quero dizer.

— Eu gosto de pensar que sim.

— Eu tenho certeza.

Freitas virou o que restava da bebida e colocou o copo sobre a mesa de centro que separava os dois.

— Bom, você disse que tinha uma coisa urgente pra falar... Aliás, como você conseguiu fazer com que o programa da portaria ligasse aqui pra cima? Eu deixei ordens pra não ser incomodada!

— Qualquer dia eu te conto. Você vai ficar espantada de como é fácil enrolar esses tipos de software estúpidos. Mas vamos ao que interessa. Imagino que você não tenha ficado sabendo de nenhum incidente no dique hoje...

— Pra dizer a verdade, fiquei. Todos ficaram. Apareceu em todos os holonoticiários. Parece que um motorista perdeu o controle, voou pela murada e caiu no mar. O outro envolvido foi socorrido por um helicóptero médico de uma das corporações — ela disse casualmente, sem demonstrar nenhum interesse especial pela notícia.

— Helicóptero médico... Tá, só se for para acabar com o sofrimento de gangues inteiras. Era um helicóptero militar de combate último tipo, com mais armas do que você pode contar. O outro envolvido era eu sendo levado para a cadeia após jogar o filho da puta que tava tentando me apagar pro lado de fora.

Vivian ficou parada com a boca entreaberta, sem saber o que dizer.

Freitas ficou encarando-a e, de repente, parecia que estava olhando para uma menina. A mulher decidida tinha sumido e dado lugar a uma pessoa perplexa, inexperiente e confusa.

— Você não faz a menor ideia da confusão em que nos meteu, não é? — ele perguntou, tentando passar algum carinho na voz. Ela sacudiu a cabeça negativamente.

— Eu só queria que os culpados pela morte da Rita fossem punidos — ela respondeu com os olhos marejados.

— É, só que tem muito mais coisa envolvida do que a morte de uma prostituta neste caso — ele se levantou e caminhou até a porta da varanda. O céu já começava a dar sinais da chegada da manhã. Freitas podia ver as primeiras cores despontarem por trás das montanhas que separavam a Barra da Zona de Guerra de São

Conrado.

— O que você acha que está acontecendo? — ela perguntou sem se mover de onde estava.

— Não sei, mas nada faz sentido. Pensa comigo: mesmo que um figurão tenha arremessado ela lá de cima, pra que se preocupar com a gente? Você viu como foi fácil abafar o que aconteceu. Qualquer imbecil pode dizer que não tem como ela ter se jogado àquela distância do prédio. Mesmo que eu consiga provas de quem foi e por que, as corporações controlam os tribunais e ninguém vai condenar um figurão por conta de uma prostituta. Por que se preocupar com outra prostituta que contrata um detetive da Zona de Guerra para investigar?

— Você já sabia que o culpado se safaria de qualquer jeito quando eu contratei você? Então, por que veio?

— Eu acho que você merece, pelo menos, a verdade.

Os dois ficaram em silêncio, sem se virarem um para o outro.

A cabeça de Freitas estava viajando a uma velocidade incrível. Quem quer que estivesse por trás de tudo aquilo era muito poderoso. Não devia ser fácil disponibilizar aquele tipo de veículo bélico tão rápido.

— Então, você veio se certificar de que eu não tinha sacaneado você? — Vivian voltou a falar.

— Sim.

— Ainda tem alguma dúvida?

— Não. Nenhuma dúvida.

— Que sim ou que não?

Freitas fez uma pausa antes de responder. Caminhou de volta para o meio da sala e sentou-se na mesa de centro, bem perto da poltrona onde ela estava. Quando respondeu, falou olhando nos olhos de Vivian.

— Tenho certeza de que você não me sacaneou.

Vivian voltou a sorrir, os olhos ainda cheios d'água.

— E o Feuer? Você acha que ele pode ter sacaneado a gente? — Freitas perguntou.

— Não vejo por que ele faria isso. Só iria se prejudicar na empresa e, além disso, correria o sério risco da notícia se espalhar e chegar aos ouvidos da mulher dele. A última coisa que ele iria querer é que a mulher ficasse sabendo do envolvimento dele com uma prostituta.

— Ah, o engomadinho é casado?

— Eles sempre são, Freitas. Sempre são.

Freitas deu um sorriso amarelo e voltou a se levantar. Caminhou até o espelho do bar e se encarou. Estava com uma cara péssima. Precisava fazer a barba e descansar. Sentiu-se incomodado de ter ido até ali naquele estado. Fechou os olhos e soltou todo o ar pela boca num sopro forte. Repetiu a operação três vezes.

— Você parece estressado.

— É. Eu fico assim quando tentam me matar e depois me jogam na cadeia — Freitas respondeu sem abrir os olhos, tentando soar engraçado. Não conseguiu.

Vivian hesitou e falou com uma voz insegura que há muito não ouvia saindo de sua própria boca.

— Já é de manhã. Você... quer entrar para descansar... relaxar um pouco? Eu tenho roupas limpas que você...

Freitas abriu os olhos e viu o reflexo da mulher no espelho. Ela agora estava sentada de lado na poltrona, passando o braço esquerdo por sobre o encosto para ficar virada para ele enquanto conversava. Ele teve que usar toda sua força de vontade para interrompê-la.

— Não... Obrigado, mas... Eu tenho mesmo que ir — ele começou a caminhar para a porta do apartamento. Ela se levantou e o acompanhou.

Os dois ficaram em silêncio no pequeno hall enquanto aguardavam a chegada do elevador. Ele estava de pé com as mãos nos bolsos e ela encostada no batente da porta do apartamento.

Quando as portas do elevador se abriram, ele entrou e se virou para ela.

— Qual o andar, senhor? — perguntou a voz sem vida do prédio.

Freitas não respondeu imediatamente.

— Tem certeza de que não quer ficar? — Vivian perguntou

cruzando os braços e abraçando o próprio corpo. O robe subiu perigosamente em direção ao alto das coxas.

— Qual o andar, senhor?

— Térreo — respondeu Freitas ao prédio.

Enquanto as portas se fechavam, ele voltou a se dirigir a Vivian.

— Seu caso, suas regras. Ainda estamos fazendo negócio.

Vivian voltou a mostrar o lindo sorriso e ficou sozinha ali parada, olhando a rápida contagem regressiva que o mostrador do elevador parecia fazer até chegar ao térreo.

— Touché, detetive... Touché!

8

O holovisor era velho e muito usado, além de não ter as lentes limpas há muito tempo. O resultado era que a projeção tridimensional formada era falha, com pontos onde somente o vapor podia ser visto. Parecia que a imagem tinha sido atingida por uma saraivada de balas e que a fumaça ainda saía dos projéteis incandescentes incrustados na coluna de luz. A marca de uma antiga corporação que fabricara aquele holovisor estava girando no espaço enquanto o equipamento aguardava a entrada de algum sinal.

A sala onde o homem aguardava não estava em melhor estado. Havia cheiro de mofo no lugar. Pilhas de objetos quebrados e lixo se acumulavam pelos cantos. A luz que entrava pelas persianas imundas e retorcidas deixava ver a poeira suspensa no ar. O som abafado dos carros e motos que circulavam do lado de fora criavam um zumbido monótono que ele se acostumara a ignorar.

Abutre reclinou a cadeira e colocou os pés com as pesadas botas de couro preto sobre a mesa. Estava distraidamente limpando as unhas da mão esquerda com a ponta da enorme peixeira.

Tinha nascido Adailson Aragão, mas desde que entrara para o mundo das gangues, perto dos nove anos de idade, que era chamado pelo nome do pássaro necrófago. Começara em gangues pequenas, na Zona de Guerra ao redor da cidade de Fortaleza, no Ceará, mas sua violência e voracidade pelo poder fizeram com que fosse rapidamente recrutado por gangues maiores.

Abutre ganhara o apelido pelas preferências na hora de acabar com suas vítimas. Só aparecia e se aproximava quando estavam sozinhas, feridas e fracas. Alguns inimigos, e até concorrentes dentro de suas gangues, confundiam isso com medo ou fraqueza. Era um grande erro. Ele não temia a morte e poucos teriam condições de enfrentá-lo num combate direto, mas ele preferia as sombras. Acostumara-se desde cedo a apreciar o gosto da caçada, da espreita, de observar sem ser visto, esperando a hora certa para o bote, como num jogo. Seu método tinha gerado uma eficiência sem igual, de cem por cento de êxito, em todos os contratos de morte que já tinha aceitado. Também tinha garantido a liderança da mais temida gangue de toda a Zona de Guerra do Rio de Janeiro: os Nortistas Vermelhos.

Receberam esse nome não só porque dominavam quase toda a zona norte da cidade, mas porque eram formados basicamente por nortistas, nordestinos e seus descendentes, radicados no Rio de Janeiro há gerações ou atraídos recentemente pela própria fama da gangue, conhecida e temida nas Zonas de Guerra de todos os grandes centros do Brasil. Os Nortistas Vermelhos eram conhecidos como "os NoVe" e adotavam um número nove em vermelho como assinatura, não raramente pintado com o sangue das próprias vítimas. O uso das peixeiras era uma marca registrada dos membros, e a habilidade com tal arma era sinal de prestígio dentro do grupo.

O Abutre tomara a liderança pela força, pouco tempo depois de chegar do Nordeste, num obscuro duelo de peixeiras, com poucos membros presentes. Sempre pairou a desconfiança de que o antigo líder fora emboscado à traição e que não tivera chance de se defender, mas ninguém nunca ousou levantar a questão diante do mais violento líder que a gangue já tivera.

Os Nortistas Vermelhos já eram conhecidos quando o Abutre chegou, mas foi sua liderança que os levou ao próximo nível, com o extermínio de gangues concorrentes, a absorção de gangues simpatizantes e o domínio de praticamente todas as zonas em que estavam presentes.

Dois sinais curtos soaram da mesa onde estava instalado o holovisor. Abutre se endireitou na cadeira e devolveu a peixeira para a lateral da bota de couro. Com um toque num dos sensores gastos e empoeirados, fez com que a ligação se completasse.

— O que você quer? Eu já falei que o porteiro está morto. O contrato foi cumprido — ele disse, antes que a imagem terminasse de se completar.

A figura sombria na sala mal iluminada não respondeu imediatamente. Preferiu esperar que a imagem se formasse completamente para ter uma visão perfeita do chefe de gangue.

— Tenho um novo contrato para você — disse a voz monocórdica — Faça seu preço.

Desta vez, foi Abutre quem demorou a responder. Dois assassinatos em uma semana. Não que ele nunca tivesse matado duas pessoas nesse tempo, muito pelo contrário, estava abaixo de sua média. Mas nunca tinha sido contratado pela mesma pessoa para dois assassinatos distintos em tão pouco tempo. Quantos inimigos aquele homem, que falava das sombras de uma sala luxuosa, poderia ter?

Conhecera a figura fazia umas duas semanas. O holovisor já estava ligado quando ele entrou, projetando a mesma sala mal iluminada e o vulto por trás da mesa. Não sabia como tinha ultrapassado os códigos de segurança e feito seu projetor funcionar a distância, mas isso pouco importava para ele. O contrato era para localizar e executar um ex-porteiro de um prédio de luxo da Fronteira que tinha voltado para a Zona de Guerra. O homem de sombras oferecia uma quantia alta por aquele Zé Ninguém: cinco mil créditos. Foi tão fácil que Abutre quase não sentiu o prazer da caçada.

— Faça seu preço — repetiu a voz.

— Quem é?

— Um morador da Zona de Guerra. Carlos Freitas, do lugar que vocês chamam de Méier.

— O detetive?

— Sim, o detetive.

— Tem conceito. Tem conceito por aqui. Nunca encontrei, mas conheço quem conhece. O pessoal da área dele respeita e não mexe com ele. Que ele fez pra tu?

— Não importa. Ele volta para a Zona de Guerra em breve e não quero que tenha a chance de retornar para dentro da Fronteira.

— Hummm. Tá fungando no teu cangote, ele, né? Criando problemas? Foi por isso que você pediu pra eu matar o porteiro... pro detetive não encontrar ele?

— Se você tem medo de se envolver, eu posso contratar outro...

Abutre agarrou o cabo da peixeira e a puxou violentamente para fora da bota. Com um movimento rápido, cravou o gume no tampo da mesa de madeira, a ponta afiada indo parar por dentro da projeção.

— MEDO É O CARALHO! Eu não falei que não ia passar o cabra.

A figura enegrecida não se moveu do outro lado. Apenas ficou esperando, impassível.

Abutre ficou parado, respirando forte, tentando captar alguma reação do homem de sombras. Quando percebeu que era inútil, começou a mover o cabo da peixeira para cima e para baixo, a fim de libertá-la do sulco fundo que produzira na mesa.

— Esse é diferente — voltou a falar — Custa muito mais. O cara tem nome e é respeitado na área dele. Vai dar muito mais trabalho. É capaz de eu ter que me desentender com outras...

— Faça seu preço — a voz monocórdica interrompeu.

A peixeira finalmente se libertou da mesa com um puxão derradeiro. Foi com ela ainda no alto que Abutre respondeu.

— Trinta mil... adiantados.

— Conecte seu BPM — disse a figura, sem hesitar.

Abutre conectou o Banco Pessoal de Memória de Adailson Aragão na abertura sobre a mesa. Pressionou a lateral do aparelho para o reconhecimento de digitais e DNA. Um pequeno texto apareceu na projeção à sua frente, bem abaixo da imagem da mesa do homem sombrio: "30.000 créditos transferidos".

— Farei contato para informar a data certa em que ele chegará à Zona de Guerra — disse o homem de sombras.

A ligação foi desconectada e a logomarca da empresa fabricante do holovisor voltou a flutuar na frente de Abutre.

— Quem será esse filho da puta? — pensou, antes de se recostar e voltar a limpar as unhas com a ponta da peixeira.

9

Já passava das sete horas da manhã, quando Freitas encostou a palma da mão direita sobre o leitor biométrico do apartamento de Renata, recém-programado por ela para reconhecer os dados do visitante.

Ele encontrou-a sentada num dos sofás em forma de semicírculo perto do holovisor. Vestia um roupão longo de algodão e segurava com as duas mãos uma caneca com alguma coisa fumegante. Pelo cheiro, Freitas imaginou que devia ser o chocolate quente que ela adorava.

O holovisor despejava imagens tridimensionais no vapor que flutuava sobre a mesa de centro. Ela estava assistindo aos holonoticiários matinais, mas com o volume desligado.

— Oi, Renata. Cheguei — ele disse displicentemente, já começando o caminho para o quarto de hóspedes.

— Nossa! Essa foi bem rapidinha, hein? — ela falou sem desviar os olhos da projeção — Você está mesmo fora de forma.

Freitas espalmou a mão esquerda sobre a parede que desembocava no corredor e se puxou de volta para o campo de visão da advogada. Ele encostou-se na quina da parede e passou a mão pelo rosto num gesto de impaciência com o rumo que sabia que a conversa iria tomar.

— Lá vamos nós.

— Eu devo ser mesmo muito otária — ela continuou, fingindo não ouvir o que Freitas dissera — Deixar você entrar aqui depois de seis anos desaparecido na porra do outro lado...

— Na Zona de Guerra, você quer dizer...

— ÉÉÉ, NA MALDITA ZONA DE GUERRA! — ela se descontrolou e bateu com a caneca na mesa de centro, fazendo voar chocolate quente por todos os lados.

A imagem do holovisor piscou algumas vezes antes de voltar a se estabilizar. Uma família feliz formada por um casal e duas lindas crianças flutuava ao lado de Renata. Eles riam sem emitir nenhum som e apontavam para alguma coisa numa parede que só existia na projeção tridimensional. Logo um enorme visor girava dentro do vapor que pairava no ar e as palavras "ORÁCULO, a vida tão nítida quanto ela é" surgiram com um efeito de luz por baixo do equipamento etéreo. Renata tocou um sensor e a projeção se encerrou quando o holonoticiário retornava de seus comerciais.

Ela limpou a palma da mão no robe e depois começou a alisar os cabelos numa tentativa inútil de se acalmar.

— Não aconteceu nada do que você está pensando — Freitas falou antes que ela conseguisse retomar o discurso que certamente ficara ensaiando nas horas em que estiveram separados.

— E o que eu estou pensando? Você pode me dizer? — ela perguntou, a raiva estampada nos olhos.

— Que eu fui até lá e fodi com ela das maneiras mais depravadas que alguém pode imaginar. Mas não fui... quero dizer... fui até lá, mas só para saber se ela tinha me entregado.

— E vocês não foderam? — ela cruzou os braços e perguntou desconfiada.

— Não chegamos nem perto disso. Ela tinha companhia quando eu cheguei.

— E isso nem passou pela sua cabeça?

— Não — ele mentiu.

Renata ficou calada.

Ele deu a volta na mesa de centro e se aproximou dela. Ficaram de pé, um de frente para o outro.

— Qualé, Renata? Ciúme?!? Foram seis anos. Você quer que eu acredite que você não teve outros homens nesse tempo todo?

Antes que ele pudesse reagir, a mão espalmada da mulher o acertou em cheio na face esquerda. Ela começou a gritar.

— SEU FILHO DA PUTA! É CLARO QUE EU TIVE OUTROS. FODI COM ADVOGADOS, COM PROMOTORES, COM JUÍZES... FODI ATÉ COM CLIENTES, SE VOCÊ QUER SABER.

— Então... você esteve ocupada... — ele respondeu com sarcasmo, enquanto massageava o rosto.

Ela investiu para um novo ataque, desta vez, com o punho cerrado. Freitas agarrou o pulso da mulher e o torceu para o lado, evitando o golpe. Ela soltou um gemido de dor e o atacou com a mão livre. Novamente Freitas aparou o golpe e, com os dois braços da advogada firmemente seguros, puxou-a para junto de si. Ele forçou seus lábios contra os dela. Renata pareceu corresponder por um instante, mas no momento seguinte Freitas a largou.

— Porra — ele gritou, reagindo à profunda mordida em seu lábio inferior.

Ela se virou e tentou correr em direção ao corredor, mas Freitas a segurou pelo roupão, puxando-a de volta e abraçando seu corpo por trás. Ela gemeu, tentando protestar, e Freitas forçou sua cabeça a girar, para novamente mergulhar em seus lábios. Ela não voltou a mordê-lo e o gosto de sangue começou a se misturar à saliva dos dois.

Eles alcançaram o sofá, seus corpos relembrando, sem dificuldade, a dança que tantas vezes antes tinham protagonizado juntos. Renata já se livrara do roupão e Freitas se limitara a abrir a frente das calças.

Enquanto se amavam, Freitas não conseguia deixar de pensar em Vivian. Os cabelos castanhos e lisos de Renata se tornavam ruivos e encaracolados, emaranhados entre seus dedos. Ele podia sentir o cheiro do perfume que ficara impregnado no seu escritório depois do dia em que se conheceram. A imagem da prostituta em sua mente apenas fez com que ele ficasse mais excitado e aumentasse ainda mais a velocidade com que se moviam.

Eles gemeram e alcançaram juntos o clímax. Freitas deixou seu corpo desabar por sobre o dela, e eles giraram um sobre o outro para se encaixarem na forma arredondada do sofá. Nenhum dos dois falou nada e adormeceram abraçados na sala do apartamento.

Os olhos de Freitas se abriram horas depois. Estava deitado sozinho no sofá.

— Apartamento, horas — ele disse, com a voz ainda embargada pelo sono.

— Quatorze horas e vinte e três minutos — respondeu a voz feminina sem vida, vinda de lugar algum e de todos os lugares.

Ele se sentou e arrumou as calças. Estava todo arranhado e dolorido. Levantou-se e deu uma longa espreguiçada.

— Renata?

— Aqui fora — a voz da advogada veio da varanda.

A mulher estava deitada numa espreguiçadeira, o roupão cobrindo o corpo novamente. Ela sugava um cigarro mentolado e soprava sua fumaça leitosa em direção ao teto.

Freitas encostou-se na porta de plastvidro entreaberta e colocou as mãos nos bolsos como era seu costume.

— Hum! Você voltou a fumar?

— Voltei. No dia que encontrei você nas escadarias do fórum — ela respondeu sem desviar o olhar da paisagem.

— É. Eu tenho mesmo esse dom de fazer aflorar o que as pessoas têm de melhor.

Ela deu um sorriso amarelo e olhou para ele.

— Aquelas informações que você queria... sobre o porteiro e o tal Bruno Feuer. Eu já consegui alguma coisa. Pode acessar no holovisor da escrivaninha do escritório.

— Obrigado. Vou tomar um banho e dar uma lida — ele hesitou antes de perguntar, porque, na verdade, não queria que ela aceitasse — Você vem?

— Não. Vou terminar de fumar e me deitar um pouco no meu

quarto. Você apagou, mas acabou que eu não dormi nada — ela respondeu, dando uma longa sugada no cigarro logo em seguida.

— Então tá — ele disse aliviado indo se refugiar no quarto de hóspedes.

Freitas tomou um longo banho quente. Ficou pensando na merda em que tinha se metido e em quem poderia estar tentando foder com ele.

Quando saiu do quarto enrolado na toalha, percebeu a porta de Renata fechada. No caminho para a cozinha, deu uma olhada para a varanda para confirmar se ela tinha ido se deitar. Ela não estava lá e Freitas via apenas o seu próprio reflexo nas portas de plastvidro. Achou-se ridículo enrolado na toalha branca, com a barriga caindo por cima do nó feito na cintura. Desistiu de fazer a boquinha que estava planejando. Precisava emagrecer de qualquer jeito.

Voltou para o corredor e se dirigiu ao escritório. Deu a volta na mesa mal posicionada e sentou-se na ponta da confortável cadeira de espaldar alto, tomando cuidado para não encostar as costas molhadas contra o couro sintético.

Tocou os sensores na mesa e aguardou impacientemente que a quantidade de vapor aspergido no ar fosse suficiente para começar a projeção do holovisor. Logo duas pastas se encontravam flutuando e girando em sua frente. Embaixo da primeira, podia ler o nome de Bruno Feuer e, da segunda, o nome de Sebastião da Silva Neto.

— Vou começar pelo engomadinho — pensou.

Esticou a mão direita e tentou tocar a pasta da esquerda com o indicador. A ponta do dedo atravessou levemente a pasta e ela parou de girar, abrindo e expandindo até ocupar toda a área da projeção. Ele agora estava olhando para um arquivo de texto, com uma foto de Bruno Feuer anexada no canto esquerdo superior. Podia ver todos os dados pessoais e profissionais de Feuer pairando em sua frente. Com movimentos da mão direita, jogava as informações para lá e para cá, tentando organizá-las de maneira que alguma coisa se sobressaísse.

Abriu uma subpasta sobre a família de Feuer. Descobriu que, como Vivian dissera, ele era mesmo casado e tinha um casal de filhos, ela com oito e ele com seis anos. Viu uma imagem dele com a mulher em um evento beneficente da empresa. A mulher era comum, nem feia nem bonita, simplesmente comum. Estava segurando o braço direito do marido com ambas as mãos e sorrindo genuinamente, sinal de que gostava de verdade do canalha.

Passou quase uma hora perscrutando os dados do corporativo, mas não conseguiu encontrar nada que chamasse a atenção. Ele concordava com Vivian. Feuer só tinha a perder se a história da investigação vazasse. Seus superiores na Rinehardt iriam certamente pedir sua cabeça e sua esposa não ficaria nada feliz em saber que ele mantinha uma amante prostituta debaixo de seu nariz. Deu-se por satisfeito com as informações sobre o corporativo covarde e voltou para o diretório principal para acessar a pasta com as informações sobre o porteiro.

Os dados sobre o tal Sebastião da Silva eram muito menos completos que os do Feuer. Parecia que alguém tinha dificultado muito o trabalho de pesquisa da Renata. Freitas não levou nem cinco minutos para ler tudo o que a pasta do porteiro continha.

— Nascido e criado na Zona de Guerra, Jacarepaguá. Conseguiu o primeiro visto de trabalho há quinze anos, como auxiliar de serviços gerais, no mesmo prédio onde estava trabalhando quando Rita de Cássia morreu. Promovido a porteiro faz quatro anos — ele dizia para si mesmo, enquanto reunia as informações relevantes no lado direito da projeção — Tinha se candidatado para a vaga de porteiro chefe... mas deixou o emprego sem notificação à corporação no dia seguinte ao assassinato?!? É isso! Ele está correndo. Eu sabia que ele tinha visto alguma coisa. Tenho que achar esse filho da puta.

Freitas fechou as pastas e começou a acessar o protocolo de comunicação do holovisor.

— Preciso que você faça umas coisas pra mim — ele disse para a pessoa que atendeu do outro lado, antes que a imagem terminasse de se formar.

10

Os dois policiais corporativos se debruçaram sobre a proteção interna no alto da muralha da Fronteira e ficaram observando enquanto o portão de metal no térreo deslizava ruidosamente.

A porta atrás deles se escancarou violentamente e outros três policiais corporativos surgiram esbarrando-se pelo portal.

— E aí? E AÍ? Ele saiu? — perguntou o primeiro, de número 823, correndo de encontro à beirada e também se debruçando. Estavam todos de armadura, mas sem os capacetes, obrigatórios somente em missões de combate ou quando lidando diretamente com exilados.

— A-lá!!! A-lá!!! Tá saindo, tá saindo!

Todos se debruçaram, disputando espaço entre eles mesmos e os holofotes apontados para o solo, a fim de verem o homem gordo saindo para a Zona de Guerra. Ele deu alguns passos e parou, de costas para a Fronteira, bem abaixo deles. O portão voltou a gemer ruidosamente e se fechou por detrás do pobre coitado.

— Caralho, que louco!!! — gritou um sexto policial corporativo que chegava, escancarando a porta enquanto se livrava do capacete reluzente. Era um dos que tinha conferido o BPM do homem de terno amarrotado — O cara tem passe permanente, vocês viram?!?

E tá saindo!!!

— A gente viu. Fica quieto e vamos ver o que ele vai fazer.

Aquele não era um ponto de exílio de condenados, portanto a maioria dos policiais corporativos ali alocados nunca tinha visto uma pessoa sair pelos portões. Era a saída T4, no Recreio dos Bandeirantes, perto do complexo esportivo e do estádio de futebol. O acesso pelo lado da Zona de Guerra até aquele ponto era muito difícil, com o asfalto completamente destruído por bombardeios dos helicópteros corporativos de combate, numa estratégia para garantir a segurança daqueles locais de lazer.

As autoridades que cuidavam dos exílios preferiam fazê-lo em saídas mais acessíveis às gangues. Normalmente, isso encurtava em muito o sofrimento daqueles que estavam sendo jogados para fora, e de seus familiares que assistiam. Costumavam ser liquidados em minutos.

— Tá fazendo alguma coisa!!! Tá virando pra cá!!!

Freitas apertou os olhos e se protegeu da luz dos holofotes com a mão direita espalmada para cima. Podia discernir os vultos dos policiais corporativos olhando-o de vinte metros acima.

Tivera o cuidado de escolher a saída T4 do Recreio dos Bandeirantes, pois tinha certeza de que não daria de cara com o Major Rocha. Isso lhe garantiria, no mínimo, uns quinze minutos de vantagem, até que o corporativo militar pudesse fazer alguma coisa quando seu nome começasse a piscar no sistema. Agora só faltava a pessoa que ele estava esperando chegar.

Estava abafado, sem nenhuma brisa, como na noite em que ele fora contratado por Vivian. Lembrou-se das maçãs que desperdiçara naquele dia. Fazia tempo que não comia uma maçã.

Freitas se virou novamente para a Zona de Guerra e voltou a caminhar, lentamente, afastando-se da Fronteira e do foco dos holofotes. Quando chegou a um ponto onde a luz ainda era boa, mas não incomodava os olhos, ele enfiou as mãos nos bolsos e esperou.

Ficou ali parado por alguns minutos, olhando a desolação da Zona de Guerra, os policiais corporativos observando-o, protegidos no alto da muralha.

— Que merda! Dois dias do lado de dentro, e isso aqui fora já tá parecendo pior que o inferno — ele disse para si mesmo enquanto enxugava a testa com o lenço retirado do bolso de trás da calça.

Freitas olhou por sobre as ruas esburacadas em direção às silhuetas das ruínas de construções ao longe, iluminadas somente pela luz da lua. Tinha quase certeza de que vira algum movimento. Por via das dúvidas, tirou a Princesa do coldre e cruzou as mãos por trás das costas para escondê-la.

Um motor quebrou o silêncio. Um farol fazia um zigue-zague constante enquanto se aproximava de Freitas em alta velocidade.

Freitas esticou o braço direito e apoiou a coronha de sua Princesa com a mão esquerda. Ficou fazendo mira contra um motoqueiro que acionou os freios no último segundo, fazendo com que a moto rabeasse e seu capacete parasse rente ao cano da pistola.

— Sou eu — disse a voz por trás do capacete.

— Eu sei. Só queria que você soubesse a sensação de ter uma obra de arte em armamento apontada contra sua cabeça a essa distância — brincou Freitas, levando a pistola para o aconchego da axila.

Branquinho tirou o capacete. Estava com seu sorriso de praxe escancarado no rosto.

— Demoraram a jogar você de novo pro lado de fora, detetive — ele disse e começou a rir — Três dias! Deve ser um recorde.

Os policiais corporativos não estavam acreditando no que viam. O gordo de terno amarrotado estava agora conversando com um negro enorme, montado em uma ridícula moto sucateada que não tinha metade de seu tamanho, isso logo após o gordo ter apontado uma arma diretamente contra a sua cabeça.

— Caralho, Branquinho. Não tinha nada com quatro rodas, não? — perguntou Freitas, abrindo os braços em franca desaprovação ao veículo escolhido pelo negro — E eu nunca vi uma moto mais fodida do que essa.

— Você falou no holovisor que queria algo que não chamasse a atenção, detetive. Além do mais, eu não ia colocar meu carro nessa buraqueira que os babacas dos corporativos fazem perto da Fronteira. Freitas não conseguiu argumentos para retrucar. Era exatamente o que tinha pedido quando ligara para ele da casa de Renata.

— Monta aí — disse Branquinho.

Freitas obedeceu e a moto rangeu os amortecedores enferrujados em protesto.

— Não tem um capacete pra mim?

Branquinho colocou o capacete, virou o mais para trás que conseguiu e falou puxando o ar para dentro da garganta, como se arrotasse.

— Nós temos que ir. Em algum lugar há um crime acontecendo.

Freitas suspirou, girou os olhos para cima e deu de ombros. Olhou uma última vez para a muralha antes de partirem. Ele ainda podia ver os vultos dos policiais corporativos assistindo à cena inusitada. Bateu no ombro do negro e apontou para eles.

Branquinho viu os homens no alto da Fronteira e esticou o dedo médio num gesto obsceno. Começou a rir. Freitas também achou engraçado e imitou o gesto do negro, também caindo na gargalhada. Ficou com o dedo em riste, enquanto arrancavam em velocidade maior do que aquela moto em pedaços parecia poder suportar.

Logo estavam voando pelas ruas da Zona de Guerra, ziguezagueando perigosamente para evitar as crateras criadas propositalmente pelos corporativos. Somente depois de uns três quilômetros, com a certeza de que acabariam se arrebentando em alguma delas, Freitas percebeu que os enormes buracos começavam a diminuir em tamanho, profundidade e número. Após quarenta minutos incômodos tentando se segurar em qualquer parte da moto para não ser visto por ninguém abraçado ao corpo de Branquinho, Freitas começou a reconhecer as ruas do Méier. Estava em casa.

Pararam a moto em frente à loja de Branquinho e desmontaram. Um menino negro de no máximo dez anos aguardava a chegada dos dois.

— Dá um sumiço nessa merda — ordenou Branquinho.

O menino se esticou na ponta dos pés para alcançar o banco da moto e deu a partida. Branquinho já estava se virando para caminhar na direção da porta quando se lembrou do capacete entre as mãos. Ele se virou e enfiou o capacete largo na cabeça do menino, dando um tapa na parte de cima para chamar sua atenção.

— Usa o capacete — disse, colocando as mãos na cintura e inclinando-se para ficar na mesma altura do menino — E, depois que terminar, vai direto pra sua casa.

O garoto fez que sim com a cabeça e arrancou em velocidade, aparentemente acostumado a pilotar máquinas bem maiores que ele mesmo.

Freitas ficou observando Branquinho, curioso, enquanto o negro assistia ao garoto se afastar montado na motocicleta. Quando se virou, deu de cara com o detetive o encarando e o sorriso largo sumiu em seu rosto.

— Que foi? É filho de um dos meus irmãos — ele respondeu, como que adivinhando a pergunta — Melhor trabalhando comigo do que entrando pra uma dessas gangues.

Freitas não respondeu, limitando-se a sacudir as mãos na frente do corpo, sinalizando que não tinha perguntado nada.

— Ah, vai cuidar da tua família — disse Branquinho, caminhando para liberar o sistema de segurança no painel junto à porta. Freitas sorriu e acompanhou o negro.

O pequeno prédio reconheceu o seu dono. Várias trancas eletrônicas foram ouvidas, destravando antes que a porta dupla se abrisse, dando passagem para um galpão amplo envolto em sombras. Assim que entraram, Freitas percebeu o ruído grave de um gerador de energia dando a partida em algum lugar do subsolo. As luzes se acenderam.

O galpão, agora muito bem iluminado por antigas, mas eficazes, lâmpadas fluorescentes, era uma verdadeira feira de antiguidades, tecnologia e armamentos, tudo reunido no mesmo lugar. Veículos antigos se misturavam a armas recém-lançadas pelas megacorporações. Freitas viu uma pequena parede completamente coberta por BPMs, certamente destinados a criar novas identidades para quem tivesse os créditos para pagar pelo conforto de uma vida sem antecedentes.

Havia uma estante repleta de pequenas caixas compridas e finas, que Freitas sabia ser a coleção de filmes antigos de que Branquinho sempre falava e de onde tirava todas as frases de efeito que não se cansava de usar. Eram armazenados em discos e possuíam imagens bidimensionais apenas. Ele nem imaginava o tipo de relíquia que Branquinho devia ter para poder assistir àquelas coisas.

— Caralho, Branquinho. Como é que eu nunca tinha entrado aqui?

— Você normalmente compra informação. Fica mais fácil e seguro atender você pelo balcão, perto do terminal de dados. O galpão é reservado para quem compra coisas... bem, digamos, mais difíceis de conseguir — Branquinho respondeu — Mas, se você estiver interessado, eu faço um lance ótimo pela sua Princesa.

Freitas não respondeu. Estava parado com as mãos nos bolsos em frente a um lança míssil de tecnologia ultrapassada, mas com grande poder de destruição. O equipamento tinha um pouco mais que a metade de sua altura e a abertura frontal deixava aparecer a cabeça do artefato.

— Gostou deste? É um Spear com tecnologia de infravermelho operável por um só homem. Trave o sistema no alvo, aperte o botão e o nosso amiguinho faz o resto. É tecnologia ultrapassada, mas dá conta do serviço. Infelizmente está reservado para um desses grupos de ambientalistas, mas eu posso conseguir outro. A megacorporação que fabricava este aqui foi incorporada por outra há muitos anos e pararam de produzir, por isso eu normalmente compro de colecionadores. O preço pode ser um pouco salgado — explicou Branquinho.

— Spear?!? Não foi um desses que...

— É, é. Foi um desses que fez aquela cagada no incidente do Cristo Redentor.

— Porra, não vai me dizer que foi você... — Freitas arregalou os olhos e não terminou a frase.

Branquinho deu um longo suspiro antes de responder, baixando o tom de voz.

— Você não ouviu isso de mim, mas fui eu que vendi a arma sim. Eu não sabia que aquele imbecil ia tentar derrubar um dos helicópteros bem na hora em que iam fazer a remoção. Mas não se preocupe que eu fui atrás do filho da puta.

Durante muito tempo, o Cristo Redentor fora uma das únicas coisas boas que restara para os moradores da Zona de Guerra. Olhar para cima e ver que ele estava lá vigiando todos oferecia um pouco de esperança aos exilados. Mas é claro que as megacorporações não iriam deixar uma obra de arte como aquela nas mãos da ralé por muito tempo. Uma verdadeira operação de guerra fora montada para remover a estátua e levá-la para dentro da Fronteira. Sua instalação estava prevista para ser feita na Pedra de Itaúna, uma pequena alteração no relevo plano da Barra da Tijuca e do Recreio dos Bandeirantes, bem no coração dos dois bairros.

Seis helicópteros de combate, parecidos com o que havia sequestrado Freitas, foram destacados para fazer a segurança do perímetro, enquanto dois enormes helicópteros de carga levantavam a estátua inteira do Corcovado. Todas as gangues estavam presentes para oferecer resistência e o tiroteio foi um dos maiores que a Zona de Guerra já presenciou.

Foi quando o míssil foi visto subindo, deixando um rastro de fumaça em forma de espiral. Antes que ele atingisse o alvo, os disparos cessaram. Todos, inclusive os policiais corporativos nos helicópteros, perceberam o que iria acontecer. E lá se foi o Cristo Redentor, explodido em pleno ar.

Um dos helicópteros de carga, arremessado para trás pela súbita falta de peso, chocou-se contra outro de batalha que dava a volta no perímetro. Essa segunda explosão pareceu acordar todos os combatentes, e o tiroteio recomeçou.

Dois helicópteros de combate e um de carga foram perdidos pelas megacorporações naquele dia. No lado das gangues, inúmeros membros foram mortos, mas o que não faltava para as gangues era material humano. A Zona de Guerra oferecia um estoque ilimitado de soldados.

Alguns meses depois, uma réplica fora inaugurada na Pedra de Itaúna, inclusive com as mesmas dimensões do Cristo original. As megacorporações prepararam uma grande festa, mas todos, dentro e fora da Fronteira, sabiam que não era a mesma coisa.

Partes da estátua original continuaram vigiando a Zona de Guerra e seus habitantes. A cabeça ficou no alto do Corcovado, só que caída de lado, como se o Cristo tivesse decidido repousar usando o monte como travesseiro. A mão direita tinha caído na sinuosa estrada de acesso ao topo do monte. Desde o incidente, ficara decidido pelas gangues que uma boa área em torno do Corcovado era zona neutra e que disputas não seriam toleradas ali. Ninguém nunca soube quem disparara o míssil ou pelo menos era o que Freitas pensara até aquele momento.

— Você foi atrás do cara... e aí?

— O que você acha? Porra, detetive, o cara fodeu com o Cristo!!! O imbecil podia ter disparado antes. Podia ter disparado depois. Mas tinha que disparar na hora em que os corporativos-filhos-da-puta já tavam carregando ele no ar? Tem que ser muito burro.

— E foi só isso? Você apagou o cara só porque ele era muito burro?

— Como assim? — perguntou Branquinho, sem entender aonde Freitas queria chegar.

— Bom, eu teria me sentido um pouco culpado de ter vendido a arma que destruiu o Cristo Redentor — disse o detetive com um sorriso.

— Ah, vai tomar no cu, Freitas!

— Nossa, me chamou de Freitas. Então você se sentiu muuuito culpado — respondeu Freitas, esforçando-se para não rir.

— Você não quer ver a porra da informação, né? Então vamo embora que eu tenho...

— Não, não, não — disse o detetive, rindo e dando um tapa no ombro do enorme negro — Eu tô brincando. Me mostra o que você conseguiu.

— RIO: ZONA DE GERRA —

Branquinho não respondeu e começou a acessar os dados a partir de um holovisor último tipo espremido no meio de outros equipamentos, provavelmente todos roubados. Freitas sabia que tinha tocado num nervo exposto, pois seu amigo não voltou a mostrar o amplo sorriso naquele encontro.

Logo os dois estavam olhando uma imagem tridimensional muito nítida projetada no ar. Freitas imaginou se Branquinho aceitaria parcelar um holovisor daqueles, mas tinha consciência que não era uma boa hora para perguntar.

A projeção era a de um corpo de homem baixo, de traços nordestinos, caído num monte de lixo. Ele tinha uma das pernas destruída pelo que Freitas imaginou ter sido um tiro de grosso calibre. O tronco estava aberto com dois cortes perpendiculares, como um enorme sinal de mais, e os órgãos internos estavam expostos. Um número nove falho fora pintado com sangue na calçada, ao lado do corpo da vítima.

— Que merda! Os NoVe, é? — disse Freitas displicentemente, como se estivesse olhando uma imagem qualquer — Como foi que você conseguiu as projeções?

— Tenho um amigo que trabalha com edição de holoimagens. Um dos passatempos dele é fazer composições tridimensionais das cenas dos corpos que ele encontra por aí. Parece que tem um mercado de gente que gosta desse tipo de coisa como obras de arte. Ele me contatou assim que viu minha pesquisa na rede.

— Sei. Onde foi isso?

Branquinho esticou o braço e enfiou a mão direita dentro da imagem. Com a mão em forma de garra e girando o pulso, ele fez com que a cena também girasse, e agora os dois estavam olhando a projeção como se estivessem em pé atrás da cabeça do defunto. Daquela posição, podiam ver uma placa fixada em um poste retorcido que parecia prestes a desabar.

— Hum! Eu conheço essa rua. É ali na Cidade Nova, logo quando acaba a zona neutra do Maracanã. O que você acha? Ele foi morto em zona neutra?

— Meu amigo falou que no local da foto não foi — respondeu Branquinho — Muito pouco sangue. Quase não conseguiram pintar o número nove.

— Ruim. Ruim... Se mataram o porteiro em zona neutra, é porque não foi qualquer um. Foi alguém de cima na gangue. Nortistas Vermelhos... é o tal do Abutre o líder, não é?

— Isso mesmo. Dizem que o cara é o demônio.

— Eu também não sou nenhum anjo e parece que vou ter que me embolar com ele. Valeu, Branquinho. O preço combinado tá de pé. Faço a transmissão dos créditos pela rede assim que estiver com a Vi... com a minha cliente.

Freitas apertou a mão do negro e começou a caminhar em direção à porta. Quando chegou a dois passos da saída, virou-se e voltou a falar com Branquinho.

— Você tem maçãs?

Branquinho soprou o ar impacientemente, inflando as bochechas. Saiu de onde estava e sumiu por um corredor perto da parede repleta de BPMs. Voltou logo em seguida e arremessou algo para Freitas.

— Fuji — disse Branquinho.

Freitas agarrou a maçã no ar e deu uma mordida. O ruído estalado e o sumo enchendo sua boca fizeram com que desse um sorriso.

— Minha preferida. Valeu. Bota na minha conta.

Ele saiu do galpão e ganhou a noite escura e abafada do Méier.

11

Abutre viu os dois chegarem na motocicleta sucateada e encontrarem a criança do lado de fora. Assim como ele, o garoto estivera esperando ali por um longo tempo, sem se dar conta da presença do líder dos NoVe no topo do prédio próximo. Assistiu pacientemente, pela mira telescópica do rifle de assalto, ao negociador conhecido como Branquinho dizer algumas coisas para o garoto e enfiar o capacete em sua cabeça, antes que ele desaparecesse pelas ruas do Méier.

Poderia ter acabado com os dois dando apenas duas espremidas no gatilho, mas não era o seu estilo. Além do que, não queria correr o risco de um sobrevivente ou um vizinho intrometido reconhecê-lo. O alvo tinha conceito no lugar, e ele não queria problemas enquanto estava sozinho em uma área que não era a dele.

Não fora difícil descobrir o negociador de informações e equipamentos que o detetive usava de costume. Uma pesquisa rápida feita pelos hackers da gangue encontrou o tal Branquinho fuçando na rede atrás de informações sobre o porteiro que Abutre tinha apagado algum tempo antes. Era um negociador de pequeno porte, mas muito eficiente e com preços atrativos, segundo as informações que recebera.

Quanto ao detetive, ele realmente tivera uma grande decepção. Já tinha ouvido muito falar do tal que morava na Zona de Guerra por escolha própria e de como ele era respeitado pelas gangues e líderes locais. Não era possível que fosse aquele gordo desajeitado.

Os dois homens sumiram pela porta do galpão e Abutre se recostou contra um cano que brotava do telhado do prédio abandonado, desapoiando o rifle do parapeito e colocando-o sobre seu colo. Ficou ali sentado, olhando fixamente para onde sabia que sua vítima iria reaparecer. Mais ou menos vinte minutos se passaram antes que a porta dupla voltasse a se abrir. Abutre não se moveu durante todo aquele tempo.

Ele se posicionou novamente e voltou a observar o detetive pela mira telescópica. Estava comendo alguma coisa, uma maçã. O gordo desajeitado começou a caminhar em direção ao prédio em que morava. Abutre já estivera lá no início da noite.

O líder de gangue levantou rapidamente e se dirigiu às escadas escuras do prédio. Com um toque, fez acender a lanterna fixada no cano da arma. O intenso facho de luz revelava o caminho e a imundície do lugar. Ele desceu os cinco lances de escada em velocidade, de dois em dois degraus, ignorando completamente o cheiro de urina e fezes que impregnava o ar. Já estivera em lugares mais sujos e fedorentos que aquele.

Ao chegar no térreo, desligou a luz da lanterna e diminuiu a velocidade das passadas. Atravessou o saguão deserto e escorou-se no batente da porta que dava para a rua, inclinando a cabeça para o lado de fora. Podia ver o detetive andando no fim da rua, a mão esquerda enfiada no bolso da calça e a direita segurando a maçã junto ao rosto. As únicas fontes de luz que existiam àquela hora eram a da própria lua e das poucas construções que possuíam geradores, como o galpão de Branquinho.

Abutre esperou que ele se afastasse mais um pouco e começou a se mover de prédio em prédio, aproveitando paredes caídas e escombros para manter-se fora de vista. Tinha certeza de que não fora detectado em nenhum momento e queria continuar assim. O detetive virou à esquerda na próxima rua e aquele foi o primeiro indício de que alguma coisa estava errada. Abutre sabia que ele devia ter virado à direita para chegar ao prédio onde morava. Tinha estudado aquele caminho e até planejara onde seria a emboscada, um pouco depois da virada da esquina. Mas o gordo desgraçado virara à esquerda. Ele preparou o rifle na frente do corpo e apertou o passo. Quando chegou na esquina, fez um movimento de vaivém com a cabeça, evitando colocar o corpo à mostra. Não conseguiu avistar o alvo.

Abutre tocou outro sensor no rifle de assalto e encaixou o olho direito no visor anatômico. O mundo se tornou verde fosforescente, e o sensor de movimento que ele ligara passou a enquadrar vários pequenos roedores se movendo na base dos prédios à sua frente. Ele girou o corpo para fora da proteção da esquina e começou a caminhar meio agachado, como se estivesse pronto para dar um bote. No segundo passo, alguma coisa se esmigalhou sob seu pé esquerdo.

— Filho da pu... — ele começou a praguejar quando percebeu o resto de maçã que acabara de esmagar. Antes que terminasse, ouviu os disparos e a parede acima de sua cabeça explodindo em pedaços de concreto que voavam em todas as direções. Abutre se agachou mais e começou a correr em direção ao chassi abandonado de um carro do outro lado da rua. No meio do caminho, colocou a arma em paralelo ao corpo e espremeu o gatilho para devolver os tiros do adversário.

Freitas estava atirando de trás de uma pilha de escombros, bem adiante na rua. Tinha ligado o modo automático da Princesa e ela agora despejava rajadas de três tiros com o mais leve toque de seu indicador direito. Estava ofegante e suado pela corrida que dera quando dobrara a esquina. Tinha se decidido, o regime começava naquele momento.

Ele correu, atravessando a rua em direção a uma construção grande que ocupava todo o outro lado, fazendo um movimento inverso ao que o seu perseguidor tinha começado. Dobrou o braço esquerdo ao lado da cabeça e manteve a Princesa disparando por debaixo dele, enquanto imprimia o máximo de velocidade possível. Os dois homens se arremessaram ao mesmo tempo. Abutre para trás da carcaça do automóvel e Freitas para dentro da construção. Os estampidos das armas cessaram, mas os ecos dos tiros fizeram com que uma vibração permanecesse no ar por mais alguns segundos. Freitas se levantou e olhou em volta. Talvez ali conseguisse diminuir a desvantagem de armamento a que estava submetido. Por mais que não trocasse a sua Princesa por nenhuma outra arma, o cara que o estava seguindo carregava um canhão e, certamente, com muito mais autonomia de munição.

Aquela área enorme tinha sido um supermercado movimentado em outros tempos. Depois da instalação da Fronteira, havia sido tomado por uma gangue, primeiro, por causa do grande estoque de mantimentos, depois, por causa do excelente espaço que oferecia para uma sede. A gangue se chamava Hackers do Asfalto e era formada basicamente por membros um tanto nerds com grande habilidade para invadir sistemas de computador, mas nenhum talento prático para a violência que a sobrevivência nas ruas exigia. É claro que eles foram dizimados em pouco tempo.

Depois dos reiterados combates a que fora submetida, a construção não prestava para mais nada. Estava praticamente sem telhado e com a estrutura comprometida, podendo desabar a qualquer instante. Freitas sabia de tudo isso e conhecia bem o mapa do prédio. Suas chances aumentavam exponencialmente lá dentro. Ele correu pelos corredores de gôndolas enferrujadas até a área que ficava nos fundos.

O estoque era um recinto grande, mas bem menor que o salão principal para acesso do público. Ali existiam vários obstáculos e locais onde podia se proteger. Ele se posicionou agachado, entre duas pilhas de paletes de carga, com as costas apoiadas contra uma coluna que julgou sólida e segura o bastante, mas que não sustentava mais nada, simplesmente apontando para o vazio do céu. Aproveitou para trocar o carregador da arma por outro que retirou do bolso interno do paletó.

A luz da lua que entrava por cima lhe dava a vantagem de enxergar a entrada muito bem sem ser visto. Ele se preparou para quando o seu inimigo entrasse pela porta vaivém do estoque. A porta nunca se moveu.

O ombro direito de Freitas, exposto pela insuficiência da largura da coluna em que se encostara, foi arremessado para frente com a força do impacto. O tiro atravessou o ombro, fazendo com que seu corpo se dobrasse e inutilizando o braço da arma. Uma quantidade generosa de sangue atingiu a imundície acumulada no chão do depósito.

— Não se mexe não, detetive. Não se mexe, senão eu agora estouro seu cabeção.

A voz vinha de cima, por trás de onde Freitas havia preparado a emboscada. O inimigo certamente tinha dado a volta no prédio e subido por uma das paredes destruídas. Parecia que Freitas tinha se enganado sobre ser o único a conhecer o lugar.

Freitas virou a cabeça e viu a silhueta do outro contra a luz da lua, dando a volta pelo telhado. Ele caminhou com o rifle apontado para o detetive, como se esperasse uma reação a qualquer momento. Nem que Freitas quisesse, conseguiria mexer o braço com seu ombro naquele estado.

— Eu tava doido pra conhecer você, detetive. Quase não acreditei quando me contrataram pra te apagar — disse Abutre, enquanto se jogava de pilha em pilha de caixas, procurando o melhor caminho para chegar ao chão dentro da estrutura — E agora, isso! Não deu nem pro cheiro.

Freitas estava pressionando o ombro ferido com a mão esquerda, tentando ao menos diminuir a hemorragia. A mão direita ainda tinha a Princesa encaixada entre os dedos, mas não apresentava nenhum sinal de vida. Ele observou impotente enquanto Abutre, finalmente, alcançava o chão e se aproximava.

— Pega a arma devagar com a mão esquerda e coloca pro lado de lá — disse Abutre, abanando com o cano do rifle para indicar a direção.

Freitas pegou a arma pelo meio, da maneira menos ameaçadora em que conseguiu pensar. Antes de colocar a arma a distância, sobre as caixas que o inimigo tinha indicado, levou-a para perto da boca, cochichando alguma coisa e lhe dando um beijo de leve. Abutre riu do gesto.

— Éééé. Tinham me falado que você se amarra nessa velharia. Que tinha dado nome pra ela e o cacete — ele se abaixou, sem tirar os olhos de Freitas, e sacou a peixeira da bota direita — Eu também tenho uma preferida. É essa aqui. Vou apresentar pra você e deixar os dois bem íntimos.

Abutre caiu na gargalhada. Freitas o acompanhou.

— Tá rindo de que, filho da puta? — Abutre ficou repentinamente sério, irritado que Freitas não parecesse aterrorizado — É bom você ter se despedido mesmo, porque cê vai morrer.

Freitas conteve o riso e encarou o nordestino.

— Eu não tava me despedindo. Tava dando instruções.

— Instruções? Instrução de que, porra?

— Modo retrato. OLHA O PASSARINHO.

Abutre olhou para a pistola e percebeu que Freitas a tinha colocado sobre as caixas com o cano voltado para o ponto onde estava. Ele entendeu, então, que tinha sido enganado, mas não teve tempo de se mover. Ao receber a senha vocal programada, Princesa efetuou três disparos. Enquanto libertava os projéteis pelo cano, jorrava ar comprimido armazenado pelo disparo anterior nos amortecedores traseiros para anular o efeito coice. Quando os estampidos terminaram, a arma quase não tinha se movido.

Freitas rolou o mais rápido que pôde e procurou proteção atrás de um monte de caixas encostadas em outra coluna. Teve dificuldade de se levantar sem a ajuda do braço direito. Ele ficou escondido ali, ofegante, esperando uma sequência de tiros que não veio.

Quando sua respiração se acalmou um pouco, ele arriscou uma olhada. Abutre estava caindo no chão. Tinha largado o rifle e levado a mão direita para o meio das pernas. Uma grande quantidade de sangue brotava entre seus dedos. A perna direita estava estática, mas a esquerda pulava em espasmos repetidos. Ele continuava segurando a peixeira firmemente com a mão esquerda.

O detetive deixou o esconderijo e se aproximou o mais rápido que conseguiu, com o braço direito pesando ao lado do corpo. Deu um chute no rifle para tirá-lo do alcance de Abutre. O homem caído o acompanhava com os olhos fundos, a face lívida, sem emitir som algum. Freitas pisou no pulso esquerdo do líder de gangue e se abaixou para retirar a peixeira de sua mão. Só então o homem protestou.

— Não... Minha... peixeira...

— Calma — respondeu Freitas — Deixa eu dar uma olhada nessa merda.

Freitas se agachou sobre o corpo de Abutre e desabotoou o seu jeans. Ele enfiou a ponta da peixeira pela perna direita da calça e a correu até embaixo, revelando a pele empapada de sangue do inimigo.

O estrago era grande. O testículo direito tinha sido destruído, deixando à mostra o interior do escroto, e o segundo projétil tinha entrado direto na altura do triângulo femoral. Pelo jeito como a perna estava estática e como brotava sangue de cor vívida pelo buraco, tanto o nervo quanto a artéria tinham sido atingidos. Freitas não conseguia distinguir onde tinha ido parar o terceiro projétil.

Ele devia agir rápido ou não conseguiria resposta para nenhuma das perguntas que tinha de fazer. Enfiou o indicador da mão esquerda no buraco da bala e o dobrou dentro do corpo de Abutre, fazendo um gancho para tentar localizar a artéria arrebentada. Deve ter resvalado no nervo durante o processo, pois o corpo do homem se contraiu violentamente, como se tivesse tomado um choque, a perna boa agitando-se com velocidade. No reflexo, Freitas tentou usar o braço direito para contê-la, o que gerou uma forte agulhada de dor e sensação de queimação em seu ombro ferido. Ele notou que também continuava perdendo sangue.

— Calma, porra. Tô tentando te ganhar algum tempo — disse Freitas entre os dentes, tentando lutar contra a dor e a tonteira. Seus ouvidos se encheram de um zumbido agudo e de estática. O dedo parecia ter encontrado seu objetivo. A quantidade de sangue que a perna despejava diminuiu consideravelmente e os olhos de Abutre voltaram a se focar nos do detetive.

— Cê apagou o porteiro?

Abutre deu um sorriso fraco e sacudiu a cabeça lentamente dizendo que sim.

— Ele tinha visto alguma coisa no dia do assassinato da prostituta? O que foi?

— Ele viu alguma coisa — a voz de Abutre estava muito fraca. Freitas tinha pouco tempo — Ele nem sabia direito o que era, mas viu alguma coisa.

— Quem contratou você?

Abutre enfiou a mão dentro de um dos bolsos do que restara de sua calça e tirou o BPM. Esticou o dispositivo para Freitas que não teve outra opção senão fazer um esforço sobre-humano e esticar a mão direita. O líder dos NoVe segurou a mão do detetive com força e puxou-a para si. Freitas deu um grito de dor e caiu para frente, rente ao rosto do líder de gangue. Seu dedo deixou de pressionar a artéria dentro do ferimento e a perna de Abutre voltou a derramar sangue em profusão.

— Eu subestimei você, detetive — disse Abutre, os olhos rodando nas órbitas — Ele também.

O hálito da última expiração do homem atingiu Freitas na face, mas ele não se incomodou. Estava acostumado a ver homens morrerem diante dele, mas poucos o faziam de forma tão serena e desapegada. O Abutre estava morto e logo as disputas dentro da gangue iriam começar para definir um novo líder.

Freitas girou sobre o próprio corpo e ficou deitado de costas, olhando para a lua através do telhado destruído. Sabia que tinha que se levantar e tentar caminhar até o galpão de Branquinho, mas resolveu descansar apenas alguns segundos. O zumbido agudo se tornou mais presente em seus ouvidos. Ele sentiu sua mão afrouxar em volta do BPM, e estrelas de luz negra começaram a piscar sobre a imagem da lua. Ele achou ter ouvido a voz de Vivian, mas, antes que pudesse responder, mergulhou na escuridão.

Sonhos perturbadores povoaram o sono de Freitas. Policiais corporativos atiravam de cima da Fronteira na direção da Zona de Guerra. Ele estava lá, imóvel ao lado de conhecidos e desconhecidos, aguardando a chegada dos projéteis. Vivian estava de pé ao seu lado, também sem se mover. Com muito esforço, ele conseguiu se inclinar um pouco para frente e olhar a fila de pessoas. Ela se estendia para ambos os lados, sumindo de vista, tão extensa quanto a própria Fronteira.

Finalmente, os projéteis começaram a atingir seus alvos. As pessoas caíam sem vida, somente para serem substituídas por outras que aguardavam sua vez. Para horror de Freitas, Vivian foi atingida na cabeça, espirrando sangue sobre seu terno amarrotado. Branquinho também caiu com um buraco formado no peito e uma nova mancha de sangue se formou sobre o corpo do detetive. Abutre foi atingido e caiu com ambas as mãos entre as pernas. Sebastião, com o corte em forma de cruz no abdome e a perna arrebentada, caiu. O vizinho que tocava tuba. O sobrinho de Branquinho. Todos eram alvejados, e logo Freitas estava completamente ensopado com o sangue de todas aquelas pessoas. Ele tentava gritar, mas nenhum som saía de sua garganta.

A cena ao seu redor pareceu perder importância quando sua atenção se fixou em um policial corporativo que apontava o rifle em sua direção. Apesar da enorme distância que os separava, Freitas podia ver todos os detalhes do homem que empunhava a arma no alto da Fronteira. No reflexo do reluzente capacete negro, ele podia ver a sua própria imagem no visor da mira telescópica e agora não enxergava mais a partir de seu corpo, apenas da perspectiva da arma. Quando o policial corporativo espremeu o gatilho, Freitas experimentou uma enorme sensação de pressão, passando rapidamente por um túnel escuro em direção à luz. Sua própria imagem se aproximava rapidamente, e ele percebeu que agora era o projétil.

Chegara a sua vez de cair. Tudo ficou escuro.

12

VIVIAN — Freitas gritou, instintivamente tentando se levantar e alcançar sua Princesa sob a axila esquerda. A dor no ombro direito o fez desistir de ambas as intenções.

Ele abriu os olhos e viu o teto mofado do seu escritório. Estava deitado no velho sofá-cama de armar que ficava encostado na parede ao lado da porta de entrada. Olhou em volta, mas não viu ninguém.

Estava sem camisa. Um curativo limpo, certamente bem melhor do que ele conseguiria fazer sozinho, envolvia seu ombro direito. Testou o braço e a dor ainda estava lá, impedindo que o movesse livremente. Jogou os lençóis limpos, que ele não reconhecia como seus, para o lado e atirou as pernas para fora da cama. Vestia calças de pijama quadriculadas que, apesar de ter certeza de também não serem suas, pareciam extremamente familiares. Ficou um pouco zonzo ao levantar e foi se apoiar na mesa que, para sua total perplexidade, estava limpa e com os papéis organizados. Sua Princesa estava lá, servindo de peso de papel.

— Que merda é essa? — ele disse em voz alta quando percebeu que o resto do escritório também estava impecavelmente arrumado e limpo.

O som da trava eletrônica da porta fez Freitas agir por instinto. Ele agarrou a sua Princesa e girou o corpo para apontá-la contra quem estivesse invadindo. Quando esticou o braço, sentiu a fisgada aguda, seguida imediatamente pela sensação de calor no ombro direito. Deu um gemido alto de dor e não conseguiu suportar o peso da arma. Sua visão ficou turva, e ele precisou recostar-se na mesa para não ir se juntar à sua Princesa no chão. Uma mão se enfiou por baixo do seu braço esquerdo e lhe deu apoio. Assim que sua visão voltou a entrar em foco, ele reconheceu o vizinho de cima, o senhor que tocava tuba. Imediatamente, lembrou-se de onde conhecia as calças quadriculadas.

— Calma, Freitas. Calma. Vem, deixa eu ajudar você a se sentar. Dona Selma, me alcança aquela cadeira, por favor — disse o homem da tuba.

Freitas olhou por cima do ombro de seu vizinho e viu outra moradora do prédio se apressando em empurrar sua cadeira giratória para perto de onde os dois homens estavam. O homem da tuba ajudou Freitas a se sentar com algum esforço.

Uma segunda senhora, bem mais velha do que a que pegara a cadeira, estava parada em frente a Freitas quando o homem da tuba se afastou. Era muito pequena e curvada não passando da altura do detetive sentado. Tinha uma expressão alegre no rosto, mostrando dentes largos e bem cuidados que, certamente, não eram os seus naturais. Apoiava-se numa bengala com a mão direita e empunhava a Princesa com a esquerda. Seu braço tremia sob o peso da arma, e Freitas não pode deixar de sorrir diante da imagem inusitada da velhinha esforçada do 104.

O homem da tuba se adiantou com um olhar preocupado e tirou a arma da pequena senhora.

— Dá'qui, dona Dilza. Deixa eu guardar isso aqui na mesa.

Freitas não se preocupou em explicar para o homem da tuba que não havia nenhum risco para a velhinha, que a arma só dispararia se estivesse em suas mãos. Estava curioso demais para saber o que aquelas pessoas estavam fazendo em seu escritório e mais ainda em como havia chegado ali.

— Ah, detetive! Finalmente você acordou.

A voz vinda da porta fez com que todos se voltassem. O corpo largo de Branquinho ocupava todo o espaço do portal. O sorriso, que se perdera no último encontro dos dois, estava de volta ao rosto do amigo de Freitas.

Freitas se preparou para responder, mas, antes que falasse ou que Branquinho se movesse da porta, ele sentiu o perfume inconfundível. Por um momento, ele pensou que ainda era um resquício do sonho que estava tendo quando acordou no escritório, mas Vivian surgiu por trás do negro enorme. Estava com o vestido azul que usava quando os dois se conheceram e carregava um saco pardo na frente do corpo.

O detetive deve ter feito uma cara engraçada quando a viu, porque todos os presentes alternaram os olhares dele para ela. A pele clara de Vivian ficou levemente ruborizada na face.

— Ele estava gritando o seu nome — disse a velhinha do 104, quebrando o silêncio que se instalara.

Freitas girou levemente a cadeira e olhou para a janela. Vivian baixou a cabeça e olhou para dentro do saco. O homem da tuba deu um sorriso e olhou para a cara de Branquinho que, sem nenhuma cerimônia, começou a gargalhar alto.

Dona Selma, a outra vizinha, adiantou-se e conduziu a velhinha pelos ombros até o sofá-cama.

— Aqui, dona Dilza. Vamos sentar um pouco.

O homem da tuba, muito solícito, foi mais rápido e atravessou a sala para forçar o velho móvel a se fechar na forma de sofá. A roupa de cama foi engolida pelas almofadas. As duas senhoras se sentaram, e o homem da tuba se recostou no braço do sofá junto à mais nova.

Freitas se dirigiu a Branquinho, tentando retardar a conversa com Vivian, que agora estava colocando o saco pardo sobre a mesa. O rubor ainda estava lá.

— Como foi que você me achou, Branquinho?

— Não achei, detetive. Não é a mim que você tem que agradecer.

Freitas fez uma expressão de espanto e voltou a olhar para Vivian.

Ela se limitou a levantar as sobrancelhas e fazer que não com a cabeça.

— Fomos nós — disse o homem da tuba, que Freitas agora lembrava se chamar Celso — Nós e toda a vizinhança, pra dizer a verdade.

Freitas olhava incrédulo para os três idosos sentados em seu sofá. Sabia que a regra que vigorava no bairro e em toda a Zona de Guerra era a da não intromissão.

— Mas vocês saíram?!? E à noite?

— Quando eu ouvi os tiros, achei que era mais uma luta de gangues. Fui até a janela só pra assistir. Foi quando eu vi o outro homem atirando e você correndo para dentro do prédio abandonado. Eu peguei minha arma que estava guardada há anos dentro do armário e desci correndo.

— Eu também vi... da minha janela, claro — disse Selma, a senhora mais nova, e Freitas percebeu que ela ficou um pouco sem jeito, assim como Celso — Eu não tinha arma, mas desci com uma faca.

O olhar de espanto de Freitas só fazia aumentar enquanto ouvia a história dos dois que, ele agora tinha certeza, já formavam um casal.

— Você não vai acreditar no que vimos quando chegamos na portaria — continuou Selma, fazendo uma pausa cheia de dramaticidade. Celso engatou daquele ponto, como se tivessem combinado a encenação da história.

— Dezenas de pessoas estavam saindo dos prédios, cada qual com sua lanterna. Aqueles que não tinham armas carregavam facas, tacos, machados ou qualquer coisa que pudesse ser usada para se defender.

Freitas voltou a encarar Branquinho, como se quisesse uma confirmação de uma pessoa mais próxima.

— É verdade, detetive. Meu sobrinho viu tudo, quando estava voltando para a casa do meu irmão, e correu para me avisar — disse o negro — Quando eu cheguei, já estavam carregando você pra dentro. Era realmente muita gente. Quase a rua inteira.

— Nós encontramos você caído ao lado do outro homem — Selma estava falando de novo — Ele já estava morto e você desmaiado. Estava pálido, perdendo muito sangue. Nós achamos que não íamos conseguir salvar você. Se não fosse o açougueiro...

— Açougueiro? — perguntou Freitas. Aquela história ficava melhor a cada momento.

— É. O Cunha. Aquele de bigode que tem o açougue com a carne que ninguém sabe de onde vem. No fim da rua...

— Tá, tá. Eu sei quem é. Mas o que ele tem a ver com isso? — perguntou Freitas preocupado.

— Foi ele que cuidou do seu braço. Retirou os estilhaços, fez as suturas e os curativos — Celso respondeu e, diante do olhar horrorizado de Freitas, apressou-se em explicar — Ele era médico no exército. Serviu em várias batalhas da Guerra Amazônica. Falou que estava acostumado com esse tipo de ferimento.

— E vocês acreditaram nele? — perguntou Freitas olhando para o curativo no ombro.

Os efeitos do seu movimento brusco, quando as pessoas entraram, já eram visíveis. O curativo apresentava uma substancial mancha de sangue no centro, que proporcionava uma sensação de umidade no ombro de Freitas. Ele fez um esforço para levantar o braço acima da cabeça, mas não parecia ter força suficiente para sustentar o peso do próprio membro. Seus olhos imediatamente recaíram sobre sua arma na mesa.

— Calma, detetive. Você vai voltar a segurar sua Princesa — interveio Branquinho, entendendo a preocupação do amigo — O açougueiro veio me procurar. Ele falou que estava preocupado com alguns danos às cartilagens, tendões e nervos que tinha visto aí dentro. Falou que você podia ficar com os movimentos comprometidos, se não fosse atendido em melhores condições e com mais tecnologia. Aí eu me lembrei disto.

Branquinho tirou um recipiente de plastvidro parecido com um tubo de ensaio do bolso traseiro da calça. O tubo era lacrado na parte de cima e tinha no seu corpo uma série de inscrições e códigos, que

Freitas reconheceu como sendo de algum exército corporativo.

— Presta atenção, detetive. Isto aqui é tecnologia de primeira linha. Nem está no mercado ainda. Eu recebi faz uns três meses e tava guardando pra uma emergência. Uma emergência MINHA — Branquinho fez questão de frisar essa última parte — Você vai ficar me devendo um grande favor.

Freitas deu um suspiro e tirou o tubo das mãos do negro com um gesto impaciente. Usou a mão do braço bom e sacudiu o frasco.

— Só tô vendo um pó cinza. Parece poeira — disse, aproximando tanto o frasco dos olhos que chegou a ficar vesgo.

— Só com um bom microscópio você poderia ver alguma coisa além disso — respondeu Branquinho, já próximo do amigo e retirando o curativo do ombro ferido — São nanos.

— Nanos?!? — Freitas se espantou e sacudiu o frasco mais uma vez — Nanorrobôs? Mas eu vi em algum holonoticiário que não tinham nem começado os testes com animais.

A essa altura, Branquinho já tinha exposto o ombro de Freitas. Alguns pontos tinham arrebentado e o ferimento expelia sangue novamente.

— Ah, o exército já está bem avançado nessas questões — Branquinho deu de ombros enquanto tirava o frasco da mão de Freitas e o destampava — O açougueiro disse que viu testarem alguns protótipos bem mais antigos que estes em companheiros feridos no campo de batalha. Falou que tinham sucesso em mais de quinze por cento dos casos.

— QUINZE POR CENTO!!! — Freitas gritou para protestar, tentando impedir o avanço do amigo, mas Branquinho já despejava a substância com aparência de pólvora sobre seu ferimento.

O movimento desesperado de Freitas fez com que grande parte do conteúdo do frasco errasse o ferimento e começasse a se espalhar pelo seu corpo. A poeira acinzentada escorreu até a metade de seu braço e até perto de seu mamilo direito quando repentinamente parou. Indo contra a força da gravidade, e contra a vontade de Freitas, toda aquela massa começou a retornar para o topo de seu ombro, rodopiando e desaparecendo pela abertura do ferimento, como água escorrendo por um ralo.

— Maneiro — disse Branquinho, os olhos arregalados grudados no ferimento do detetive.

— Maneiro, seu escroto? Se esta merda der errado e eu ficar... Uma dor aguda impediu Freitas de continuar a esbravejar contra Branquinho. Sua mão apertou o braço da cadeira até que seus dedos ficassem sem cor. Lentamente a dor deu lugar a uma sensação de aquecimento e logo seu ombro parecia estar em chamas. Aos poucos, a sensação esmaeceu e ele sentiu toda a lateral direita superior do corpo anestesiada.

— Eles vão fazê-lo melhor, detetive. Vão deixá-lo mais forte. Resistir é inútil.

— Ah, vá à merda, Branquinho. Enfia teus filmes antigos no cu. Caralho!!! É o meu que tá na reta... — Freitas explodiu diante da brincadeira do amigo para só depois lembrar da presença das mulheres — Aham, me desculpem, senhoras.

Freitas olhou novamente para o ombro ferido. A única sensação ali era a ausência completa de sensações. Era como se o seu braço não existisse. Procurou por Vivian e viu que ela também olhava para seu ombro, visivelmente preocupada. Resolveu que era melhor parar de pensar naquilo. Os bichos já estavam dentro dele de qualquer jeito. Voltou a se dirigir a Celso.

— Celso, eu só não entendi por que as pessoas saíram... e à noite.

— Acho que você não tem consciência de quantas pessoas ajudou aqui durante todos esses anos, não é, Freitas?

O detetive não respondeu. Ficou apenas olhando para o seu vizinho, como se o estivesse vendo, de verdade, pela primeira vez.

— As pessoas sempre viram em você uma esperança. Alguém que se importava e que permanecia com os daqui, mesmo podendo estar do outro lado. Por mais problemas que tenha, a nossa rua sempre foi uma das mais seguras da Zona de Guerra — continuou Celso — Ir ajudar você foi a maneira natural que as pessoas encontraram de agradecer por todas as vezes que você se colocou entre nossas famílias e o perigo que nos ronda todos os dias. Perder você seria perder uma das nossas últimas esperanças.

Freitas olhou cada uma das pessoas na sala e viu que todas elas, até Branquinho, estavam emocionadas com as palavras de Celso. Ele mesmo estava com um nó na garganta. Na verdade, estava suando com o calor e a dificuldade para respirar. Voltou a sentir a queimação no ombro direito e, quando virou o rosto, pôde ver sua pele se movendo, como se vermes corressem sob a superfície. Antes de poder dizer qualquer coisa, a vertigem tomou conta dele e, novamente, ele abraçou a escuridão.

Teve o mesmo sonho de antes, só que agora o próprio Major Rocha estava no lugar do atirador que acabava com ele no final. Esse detalhe só fez com que o pesadelo se tornasse mais triste e amargo.

Ele acordou gritando o nome de Vivian novamente. Quando abriu os olhos, viu que tinha retornado para a cama e que a mulher ruiva estava sentada na cadeira ao seu lado. Ela certamente o tinha ouvido gritar, pois olhava diretamente para ele, e seu rosto tinha aquele rubor que não combinava com alguém de sua profissão.

— Como você está se sentindo? — ela perguntou esticando a mão e retirando um pano molhado que ele não sentira sobre a própria testa.

— Bem — ele respondeu surpreso e sentou-se na cama — Pra dizer a verdade, tô me sentindo ótimo. Quanto tempo eu fiquei apagado?

— Dois dias, quando acharam você no galpão, e oito horas desde que Branquinho te deu os nanos.

Freitas lembrou-se da conversa com os vizinhos e dos nanorrobôs trazidos por Branquinho. Moveu a cabeça para olhar o ombro direito e deu por falta do curativo. Em seu lugar, existia uma cicatriz alta no formato do rombo que a bala havia produzido.

— Umas quatro horas depois que você desmaiou, a parte externa começou a se fechar. Foi incrível. Parece que eles vieram consertando, de dentro pra fora, tudo o que estava destruído em seu ombro — ela disse, percebendo que ele parecia não acreditar na própria recuperação.

Freitas se levantou e tentou erguer o braço bem devagar. Quando viu que não sentia nenhuma dor, girou-o, fazendo a volta completa ao lado do corpo. Não satisfeito, andou até a mesa de trabalho e pegou sua Princesa. Fez questão de mirar para vários objetos espalhados pela sala. Não sentiu nenhuma dificuldade. Era como se nunca tivesse sido ferido, à exceção da feia cicatriz.

— Incrível! — ele disse, segurando o ombro com a mão esquerda e rodando o braço mais uma vez.

— É. Eu fiquei preocupada quando vi que o ferimento estava fechando com aquelas coisas ainda dentro de você, mas Branquinho e o açougueiro disseram que isso é normal. Parece que eles são absorvidos pelo organismo depois de algum tempo.

O detetive recolocou a arma sobre a mesa e foi até o armário embutido na parede. Enquanto se livrava da ridícula calça de pijama xadrez, usando a porta do armário para se proteger dos olhos de Vivian, voltou a falar sobre os acontecimentos. Naquele momento, achava mais confortável conversar sem encará-la.

— E você, Vivian? Como foi que você ficou sabendo do que aconteceu? Como você chegou tão depressa?

— Pra dizer a verdade, eu não fiquei sabendo. Foi uma coincidência. Eu cheguei na manhã seguinte e você já estava sob os cuidados dos seus vizinhos. Por sorte, o Branquinho sabia de tudo e pôde confirmar a minha história para eles. Eles estavam bem desconfiados em relação a qualquer pessoa estranha.

Freitas parou o que estava fazendo e esticou a cabeça para o lado de fora para poder olhar para ela.

— Ué, mas então o que você veio fazer na Zona de Guerra?

— Mataram o Bruno, Freitas. Mataram ele dentro da própria empresa — Vivian disse, a voz carregada de um misto de tristeza e medo.

Freitas foi para o meio da sala abotoando a camisa e empurrou o sofá-cama com a perna. O móvel antigo se dobrou com violência, engolindo a roupa de cama mais uma vez.

— Como aconteceu?

— Estão dizendo que foi um acidente de trabalho. Que ele se descuidou no pátio da empresa e entrou na frente de um dos veículos de carga. Freitas, o Bruno nunca ia ao pátio da empresa! Ele simplesmente tinha horror de lidar com funcionários de baixo escalão. Cremaram ele depois de um velório em caixão fechado, pois parece que o corpo ficou destruído. A Rinehardt está enchendo a viúva de créditos de um suposto seguro que ele nunca tinha mencionado, certamente pra impedir que sequer pense em questionar alguma coisa.

Freitas não disse nada. Vestiu o coldre axilar que estava pendurado na porta do armário e foi buscar sua Princesa para encaixá-la em seu lugar de direito. Completou o conjunto com o velho blazer marrom amarrotado e foi se sentar no sofá ao lado de Vivian. Foi ela quem falou primeiro, depois de um longo tempo.

— O que nós vamos fazer agora?

— Você vai ficar aqui. O Branquinho e os moradores da rua vão ficar de olho em você.

— E você?

— Eu? Eu vou voltar praquela pocilga que é a Barra da Tijuca. Já tá na hora da gente virar o jogo e fazer alguns corporativos suarem.

13

Renata entrou no flutuador e sentiu o encosto de couro sintético se ajustar à anatomia de suas costas. O volante se aproximou automaticamente de seu corpo e o assento foi erguido a uma altura que deixava perfeita a visão através do para-brisa de plastvidro.

— Este é o último modelo? — a advogada perguntou ao vendedor que a observava do lado de fora.

— Sim, senhora. O novo Lexus LF. Se me permite dizer, uma excelente escolha. É o que há de mais avançado em flutuador no mercado. Colchões de ar com fluxo contínuo inteligente e campo magnético com doze pontos de acionamento, sendo que seis deles reservados para aceleração. O fluxo de ar inteligente garante mais distanciamento do chão no lado de fora da curva, proporcionando...

— Tá. Tá. Eu li o prospecto. Eu vou levar — Renata interrompeu o homem impacientemente — Tem como eu sair dirigindo?

Após alguns minutos de espera, ela deixou a concessionária que ficava no quadrante oeste do complexo do megamall. O flutuador realmente era tudo o que o vendedor prometera. A velocidade, a estabilidade proporcionada pelo campo magnético, a maneira como ele se inclinava quando fazia as curvas, o banco que parecia abraçá-la. Era uma verdadeira obra de arte.

Ela seguiu cortando os outros veículos do jeito veloz e displicente com que estava acostumada a dirigir. Chegou ao seu condomínio em poucos minutos e parou o flutuador na sua vaga de costume. Quando saiu, caminhou até o elevador, mas, antes de entrar, voltou-se para olhar seu novo brinquedo novamente. Deu um sorriso satisfeito aprovando a cor que escolhera.

As portas do elevador se abriram em seu andar, e ela caminhou até a placa biométrica. Reconhecendo sua proprietária, o apartamento abriu-se para ela e começou a fazer os relatórios para que havia sido programado.

— Boa tarde, Renata — disse a voz sem vida — Não há holochamadas registradas. Os programas requisitados foram arquivados nos bancos de memória e estão prontos para serem visualizados. Deseja acessar agora?

— Não, depois — disse Renata distraidamente.

Ela tirou o blazer e jogou sobre a cadeira mais próxima. Pisou com o pé esquerdo no calcanhar direito para descalçar o sapato de salto e chutou-o para longe. Fez a mesma coisa com o outro pé. Sentiu o frio do chão de mármore sintético no caminho para a cozinha e gostou da sensação. Encheu um cálice com uma quantidade generosa de vinho de uma garrafa que já estava aberta. O sistema de som do holovisor começou a funcionar e a voz inconfundível do apresentador do holonoticiário que ela costumava assistir tomou conta do apartamento.

— Eu disse depois — ela ergueu a voz, tentando fazê-la sobrepor-se à do apresentador. Estava inclinada, com a cara enfiada na geladeira, procurando algo que acompanhasse bem o vinho. Demorou alguns segundos para perceber que a voz do homem não desaparecera.

— Desligar holovisor — ela comandou, quase gritando — Apartamento???

Não houve resposta.

— Saco, era o que faltava — ela bateu a porta da geladeira impacientemente e agarrou o cálice de vinho antes de deixar a cozinha.

Renata passou pela abertura entre os sofás em formato de semicírculo e alcançou o tampo da mesa de centro onde funcionava o holovisor. O toque no sensor desligou a projeção imediatamente e iniciou o processo de ventilação para dispersar o gás veículo que flutuava no meio da sala. Com o apartamento novamente em silêncio, ela testou suas funções.

— Apartamento? — Ela chamou, novamente sem resposta — Apartamento, rodar verificação dos sistemas.

— Eu dei folga pra ela — disse uma voz conhecida por detrás da advogada.

Renata tomou um susto e se virou por reflexo. Uma boa quantidade de vinho transbordou do cálice com o movimento, espalhando-se pelo sofá e tapete.

Freitas estava encostado na quina da parede, as mãos nos bolsos, exatamente no mesmo lugar onde começara a discussão da última vez em que tinham estado juntos.

— Freitas?!? Você... Não... Como... Como você entrou?

— Ué?!? Surpresa em me ver, Renata? Você programou o apartamento pra me deixar entrar, esqueceu? Ou será que você achou que não era necessário desprogramar? Que eu não ia aparecer mais?

Freitas começou a se aproximar enquanto fazia as perguntas à mulher. Renata, por sua vez, caminhou da forma mais casual possível ao redor da mesa, num movimento contrário ao do visitante inesperado. Quando chegou ao outro lado, Freitas sentou-se. Ele olhou o vinho derramado no sofá bem ao seu lado.

— Hummm. Acho que vai manchar, Renata.

— Não faz mal. Eu... Eu estava mesmo precisando trocar este sofá — ela disse, forçando um sorriso, enquanto se movia de costas para fora do círculo formado pelos estofados.

— É. As coisas estão mesmo boas no mundo do direito corporativo — Freitas disse, e a mulher percebeu que suas feições endureceram.

— Como assim? — perguntou Renata, as nádegas já encostadas

na mesa da sala, onde tinha deixado a bolsa e o blazer.

— Eu vi você chegando. Realmente uma beleza de flutuador. Muito melhor que aquele que eu destruí no dique. Os caras da seguradora devem ter sido muito generosos pra você conseguir comprar um Lexus com o que recebeu por aquele outro.

— Eu... Eu tinha algum dinheiro guardado. Defendi alguns corporativos bem importantes nos últimos tempos.

— Só defendeu? Pensei que você tinha dito que dormia com eles também. E, até onde eu consigo ver, você também faz o trabalho sujo deles — Freitas continuou, agora sem nenhum disfarce nem sarcasmo em sua voz. A raiva que começava a tomar conta dele impedia que continuasse a atuar.

— Eu... não... entendi...

— Entendeu sim — Freitas enfiou a mão no bolso do paletó e arrancou um pequeno objeto que ergueu para a mulher. O movimento brusco fez com que ela desse um pequeno sobressalto — Sabe de quem é esse BPM?

— N... não.

— É o BPM de um cara chamado Adailson Aragão, mais conhecido na Zona de Guerra como Abutre. Tenho certeza de que você já ouviu falar dele nos holonoticiários de que tanto gosta. Era o líder dos NoVe — disse Freitas, colocando-se de pé.

— Era? — perguntou Renata, parecendo incomodada com o fato de o detetive ter se levantado.

— Era. Passado mesmo. Eu apaguei ele na Zona de Guerra. E sabe o que é interessante? — ele perguntou sem a intenção de deixá-la responder — Eu tive que apagar ele porque ele foi pago pra acabar comigo. E mais interessante ainda é que ele sabia exatamente onde e quando eu ia chegar "do outro lado", como você gosta de dizer.

— Como você sabe que contrataram ele? — ela perguntou, mais nervosa do que nunca.

O detetive começou a se mover lentamente ao redor da mesa de centro.

— Você se lembra do Rato? Aquele hacker que eu ajudei antes de ir embora pra Zona de Guerra?

Renata balançou a cabeça positivamente.

— Pois é. Eu impedi que ele fosse exilado e arrumei aquele emprego pra ele na PMB International, lembra? PMB, a empresa que produz e monitora todos os BPMs em todas as cidades-fronteira do mundo — disse Freitas, já deixando o círculo em volta do holovisor — Você não sabe como ele ficou feliz em poder me retribuir os favores e me dar acesso a algumas informações que estavam aqui dentro.

Renata colocou as mãos atrás do corpo e tentou alcançar a bolsa sobre a mesa. Freitas percebeu o movimento, mas não fez nada para impedir, apenas continuou se aproximando lentamente.

— Eu precisava saber quem estava por trás dessa porra toda, Renata. Precisava saber quem é que estava me entregando. E era você. Era você o tempo todo — Freitas agora falava por entre os dentes, dominado pela raiva — Inclusive quando eu falei que ia voltar pra Zona de Guerra, e você sabia que iam tentar me matar.

Renata finalmente encontrou o que procurava na bolsa. Ela apontou a pequena pistola Sig Sauer para o detetive e esperou que ele parasse de avançar em sua direção. Freitas continuou o movimento enquanto falava.

— Os créditos que pagaram o Abutre pra me matar saíram direto do BPM do presidente da Rinehardt Corporation. Há quanto tempo ele tá pagando você? Desde quando, Renata? DESDE QUANDO?

Ele gritava abertamente, apenas a dois passos da mulher com a arma apontada para seu peito.

— DESDE O DIA EM QUE VOCÊ PISOU NA BARRA E TROUXE O FEDOR DAQUELA ESCÓRIA DO OUTRO LADO — ela gritou de volta com toda a força de seus pulmões — Primeiro era apenas para vigiar você, mas aí você se envolveu mais e mais com essa merda de caso de assassinato e com aquela vagabunda.

— Você é muito mais vagabunda que ela. Ela vende o corpo. Foi a forma que encontrou de sair da merda que vocês corporativos criaram do outro lado. Mas você é muito pior. Você vendeu sua honra e sua alma. Aceitou créditos pelas vidas de pessoas que você sabe que são inocentes.

Enquanto Freitas se movia para frente, tentando se aproximar, Renata caminhava para trás na mesma velocidade, mantendo uma distância que permitiria que disparasse primeiro, caso ele tentasse alguma coisa. Sua mão tremia com a pistola apontada para o corpo do detetive, mistura de nervosismo e raiva pelas palavras do ex-amante. O movimento dos dois pela sala os fez chegar até perto das portas de plastvidro da varanda. Quando Freitas percebeu que ela não poderia mais se afastar dali, cessou seu movimento. Ele via as costas da mulher e a sua própria imagem, suavemente refletidas sobre a paisagem da Barra da Tijuca e do Recreio dos Bandeirantes.

— Tá tremendo por que, Renata? Espremer o gatilho não é tão fácil quanto aceitar os créditos sujos dos corporativos, né? — Freitas enfiou as mãos nos bolsos e ficou parado, olhando diretamente nos olhos da advogada, mas o tom da sua voz não abandonou a raiva contida — Descobrir pelo holovisor, sentadinha no seu sofá confortável, que alguém foi morto ou jogado na Zona de Guerra não faz você sentir o cheiro podre dos corpos largados nas ruas do outro lado. Era pra eu ser um desses corpos agora, Renata... graças a você. Eu andei tendo uns sonhos em que eu estava coberto com o sangue das pessoas que eu gosto, mas quem está coberta de sangue é você.

Renata deu um soluço e começou a chorar. Ela não abaixou a arma, mas passou a segurá-la com as duas mãos. Tremia violentamente.

— Eu... eu não... você... — a voz da mulher saía com dificuldade. Percebendo isso, ela passou a gritar — VOCÊ FOI EMBORA!!! VOCÊ ACHA QUE AQUILO LÁ É RUIM? VOCÊ NÃO SABE AS COISAS QUE EU VI E TIVE QUE FAZER PARA SOBREVIVER AQUI DENTRO. A ZONA DE GUERRA PODE SER O INFERNO, MAS O DIABO MORA DENTRO DA FRONTEIRA.

Freitas sentiu o ponto de tensão. Aquela era a hora, enquanto ela estava frágil e vulnerável. Tinha que ganhá-la agora. Ele tirou a mão direita do bolso lentamente e a esticou com a palma virada para cima. Voltou a falar com a mulher, e sua voz não demonstrava mais a raiva contida, mas um misto genuíno de pena e arrependimento.

— Abaixa a arma, Renata. Abaixa a arma e vem comigo. Vamos até o fórum. Você conhece todos os promotores e juízes corporativos do lugar. Certamente tem algum que ainda seja honesto ou que tenha alguma coisa contra a Rinehardt Corporation. Com o seu testemunho e com os dados do BPM do Abutre, a gente pode acabar com esse filho da puta.

— E depois? O que eu vou fazer depois? — a mulher perguntou — Você acha que alguém vai me contratar sabendo que eu entreguei o cabeça de uma megacorporação? Por mais que a gente acabe com o cara, eu vou junto com ele. Ou você espera que eu vá morar do outro lado com você, naquela pocilga?

Nesse ponto, Freitas vacilou e desviou o olhar para baixo.

— Aaahh... entendi... Você agora quer a vagabunda — Renata disse com a voz cheia de desprezo — Você tá cagando pro que vai acontecer comigo depois. Mas você já não sabia que queria ela quando me fodeu na outra noite, ali mesmo naquele sofá?

Freitas voltou a olhar para cima, com a intenção de dizer que aquilo não era verdade, que ele ainda se importava com ela, mas algo atrás da mulher chamou sua atenção. A forma oval que subia era tão etérea quanto as imagens dos dois no plastvidro, mas não porque era um reflexo, e sim porque se movia vertiginosamente rápido. O que quer que fosse estava do lado de fora, escondida dos olhos do detetive pelo corpo da advogada. Quando chegou à altura da cabeça de Renata, parecia uma auréola, girando e coroando a mulher armada. Freitas só se deu conta do que via realmente quando o chiado abafado chegou aos seus ouvidos.

— RENATA, PRO CHÃO!!! — ele gritou enquanto se arremessava para a esquerda, através do portal da cozinha.

Assim que Freitas atingiu o chão frio da cozinha, o mundo pareceu desabar sobre ele. Pedaços de plastvidros, de paredes e de móveis eram arremessados sobre seu corpo, à medida que os enormes projéteis da metralhadora lateral do helicóptero de combate atravessavam o apartamento. Ele se encolheu, tentando proteger a cabeça com os braços, enquanto gritava o nome de Renata, esperando em vão alguma resposta. A chuva de metal incandescente varreu o apartamento indo da sala em direção à cozinha e, depois, em direção ao quarto.

Quando o som dos disparos cessou, Freitas podia ouvir somente o chiado abafado do helicóptero e os gritos vindos dos apartamentos vizinhos. Não havia mais paredes ou janelas separando o apartamento do mundo do lado de fora.

O detetive estava coberto de detritos e ficou imóvel, tentando respirar o mais lentamente possível. Ele sabia que os policiais corporativos dentro do veículo de combate iriam usar os sensores de calor e movimento para detectar alguém dentro do apartamento, antes de voltarem a atirar. Precisava esperar o momento certo para tentar sair dali.

Ele voltou a escutar tiros e instintivamente se encolheu e protegeu mais a cabeça. Percebeu, então, que aqueles disparos eram de um calibre completamente diferente e que não vinham do helicóptero, mas eram direcionados para ele. Certamente, a segurança estava retaliando o ataque ao prédio de apartamentos, achando se tratar de algum atentado ou ataque de gangues.

Freitas ouviu o chiado abafado do helicóptero aumentar de intensidade enquanto a máquina de guerra manobrava para se desviar dos disparos e se dirigir para o solo. Aquela era a única oportunidade que tinha.

O detetive se levantou, espalhando o material depositado sobre ele. Passou as duas mãos rapidamente pelo próprio corpo, procurando algum ferimento que pudesse ter sofrido. Não encontrou nenhum. Pelo portal da cozinha, pôde ver o corpo de Renata caído perto da entrada do apartamento. Ela tinha um grande ferimento aberto nas costas, na altura dos rins, bem ao lado da coluna, e certamente tinha sido arremessada até ali pela força do impacto do projétil com algum osso.

Freitas se agachou ao lado dela e rodou o seu corpo gentilmente, tentando manter a coluna reta. A mulher deu um gemido. Estava viva.

— Calma, Renata. Eu vou tirar a gente daqui.

O detetive esticou-se para agarrar a bolsa de Renata sobre a mesa. Ele espalhou o conteúdo no chão e recolheu o BPM quando o encontrou no meio dos outros pertences da mulher. Então, pegou o pequeno blazer que ela deixara sobre a cadeira e o amarrou firmemente ao redor de sua cintura, usando a parte mais larga das costas para cobrir o ferimento. Não queria nenhum órgão escapando por ali quando a erguesse.

A porta do apartamento estava em pedaços, perfurada por repetidos disparos da metralhadora do helicóptero. Freitas ainda ouvia alguns disparos vindos dos andares mais baixos do prédio, mas sabia que aquele mal-entendido não duraria muito tempo. Tinha que sair dali agora.

Ele ergueu o corpo da mulher em seu colo. Ela deu um novo gemido, mas encontrou forças para passar os dois braços ao redor do pescoço do detetive. Ainda empunhava a pequena pistola Sig Sauer na mão direita.

Freitas deu um golpe consistente com a planta do pé e a porta não ofereceu resistência, partindo-se na altura das dobradiças e caindo do lado de fora.

— Elevador — ele disse quando entrou no pequeno hall, mas não ficou esperando. Atravessou uma porta lateral que levava à área comum de serviço. Ele passou direto pelas escadas e se dirigiu ao quarto de processamento de lixo. Entrou pela porta estreita, com alguma dificuldade, carregando Renata.

O quarto de processamento de lixo servia aos quatro apartamentos daquele andar e tinha uma réplica exata em cada pavimento do edifício, até se alargar no subsolo numa ampla central de reciclagem. Era uma sala pequena, com aproximadamente dois metros de comprimento por um e meio de largura, bem iluminada e com as paredes recobertas por ladrilhos brancos para conferir uma aparência de limpeza que não condizia com o mau cheiro que se instalara ali ao longo dos anos. Nos fundos, ocupando quase toda a largura da parede, uma janela de metal escuro se encontrava fechada.

Freitas colocou a mulher sobre uma pilha de sacos de lixo que aguardava no centro da sala e retirou a pistola de sua mão. Ela gemeu e tentou protestar quando percebeu que ele se afastava.

— Calma. Eu não vou abandonar você. Eu vou voltar — ele disse. O detetive empunhava a Sig Sauer com a mão esquerda e sacou a sua Princesa com a direita. Percorreu rapidamente a pequena distância que o separava do hall do elevador, tomando o cuidado de olhar para fora e ouvir com atenção ao passar pela porta do apartamento. Os tiros haviam parado.

Ele encontrou o elevador aguardando com as portas abertas.

— Andar, por favor — disse a voz sem emoções.

— Subsolo.

14

Os dois seguranças do edifício aguardavam instruções pelos seus comunicadores, enquanto vigiavam as saídas do elevador e das escadas no subsolo. Empunhavam submetralhadoras Ingram M Corp 35, que destoavam dos ternos elegantes que vestiam.

Tinham sido pegos de surpresa pelo ataque de um helicóptero de combate, ao qual responderam fogo. Após uns poucos minutos de tiroteio, o chefe da segurança começou a gritar pelos comunicadores para que cessassem os disparos, pois era uma Polícia Corporativa a quem estavam revidando.

— Você já sabe quem é que estão procurando? — perguntou o mais alto e forte, que estava plantado em frente ao elevador, o cano da arma apontado para as portas.

— Quando eu passei pela portaria e me mandaram vir correndo pra cá, ouvi um dos policiais corporativos dando instruções pro chefe. Parece que é um assassino procurado. Eles descobriram que ele ia tentar matar a dona Renata do 1503. Quatro deles subiram com o chefe pelas escadas — respondeu o baixinho.

— Qual era a Polícia Corporativa, hein?

— Rinehardt, eu acho.

— Putz, eles são os melhores! Sabe se estão contratando?

— Não sei. Parei de acompanhar essas coisas. Sempre sou barrado por causa da altura mesmo — o baixinho respondeu, dando de ombros — Além disso, é muito mais tranquilo ficar trabalhando aqui onde estamos. Já pensou se você recebe ordens de trabalhar na Fronteira?

— Cê sabe que eu tenho um conhecido que trabalha lá e não acha tão ruim?!? Ele caiu em uma das saídas quase sem movimento e fica parado lá o dia... Que foi?

O segurança alto percebeu uma mudança súbita na expressão do companheiro que tinha dado as costas para a porta da escada enquanto conversava com ele. O baixinho não respondeu imediatamente. Seu olhar estava fixo no visor fino que corria verticalmente ao longo de toda a lateral do portal do elevador. Ali existiam várias informações sobre o prédio e seus arredores, como temperatura externa e interna, umidade do ar, previsão do tempo e horário. Existia também um diagrama que representava o prédio e a posição do elevador naquele momento. Ele esticou o braço e apontou o local para o homem mais alto.

— Olha! O elevador.

A imagem que representava o elevador estava parada e com as portas abertas no décimo quinto andar. Assim que o segurança mais alto se virou, as portas se fecharam e o desenho virou um retângulo iluminado que descia pelo visor lentamente em direção ao chão, iniciando uma contagem regressiva de andares. Algumas informações escritas embaixo do retângulo acompanhavam seu movimento e diziam: "Descendo para o subsolo. Chegada em 29 segundos".

O segurança mais alto preparou sua arma, deu um passo para trás e tocou a lapela com a mão esquerda, acionando o mecanismo de comunicação. O baixinho deixou seu lugar em frente à porta da escada e se postou ao lado do mais alto.

— Zero-treze para comando — ele disse para a própria lapela, tentando não levantar a voz.

— Comando... prossiga... zero-treze — respondeu a voz, que

ambos reconheceram como sendo a do chefe da segurança. Ele parecia esbaforido, muito provavelmente por não ter o preparo físico necessário para acompanhar os policiais corporativos na subida pelas escadas.

— Senhor, o elevador parou no quinze e agora está descendo.

"Chegada em 19 segundos".

— Abram fogo contra qualquer coisa que se mover — respondeu uma segunda voz, entrando na frequência da segurança do prédio — Ele está armado e é perigoso. Repito: ABRAM FOGO!

"Chegada em 12 segundos".

— Mas... e se ele estiver com a dona Renata como refém? — perguntou o baixinho após tocar a própria lapela para se interligar à conferência criada.

"Chegada em 8 segundos".

— ELA JÁ ESTÁ MORTA — gritou a voz com total impaciência — VOCÊS TÊM ORDENS DA POLÍCIA CORPORATIVA PARA ATIRAR ASSIM QUE AS PORTAS SE ABRIREM.

"Chegada em 2 segundos".

Os dois seguranças apontaram suas submetralhadoras para as portas do elevador e se prepararam. O mais baixo se abaixou ainda mais, ficando com o joelho direito no chão e fazendo base com o pé esquerdo à sua frente. O mais alto se colocou atrás dele, pronto para atirar por cima da cabeça do companheiro. Aquela era a maneira como tinham sido treinados. Daquela forma, não corriam o risco de atingir um ao outro e diminuíam o espaço de alvo para o inimigo. Era a maneira mais eficiente de se enfrentar alguém, se viesse diretamente pela frente.

— Subsolo — disse a voz feminina do prédio.

Assim que a ouviram, eles abriram fogo. Os primeiros projéteis atravessavam as portas de metal e se chocavam contra os plastvidros enegrecidos do elevador panorâmico, revelando a parede de concreto do fosso do elevador. Eles continuaram atirando enquanto as portas terminavam de se abrir, destruindo todo o interior do luxuoso elevador. Demoraram a ter certeza de que o veículo estava vazio e a afrouxar os dedos dos gatilhos. Permaneceram parados em suas posições, as armas apontadas para os escombros, enquanto esperavam os últimos pedaços de vidro despencarem para o chão e a poeira baixar. Quando, finalmente, o silêncio voltou ao subsolo, os tiros recomeçaram e os seguranças nunca souberam o que os atingiu. Freitas saiu atirando da central de reciclagem de lixo atrás deles. Tinha ambas as mãos esticadas na frente do corpo. Na mão direita, sua Princesa, o gatilho firmemente pressionado no modo automático. Na mão esquerda, a pequena Sig Sauer de Renata, à qual ele espremia o gatilho repetidamente. Os disparos consecutivos de uma arma e os alternados da outra faziam com que a garagem parecesse invadida pelos sons de instrumentos de percussão.

O primeiro a ser atingido foi o mais alto, que de certa forma dava alguma proteção ao mais baixo com suas pernas. A força dos projéteis cuspidos pela Princesa em suas costas o fez tropeçar no parceiro e rolar para frente em direção ao elevador destruído.

O mais baixo tentou se virar para revidar o ataque surpresa, mas foi atingido nas laterais da cabeça e do pescoço por dois dos disparos da Sig Sauer. Os tiros atravessaram o segurança praticamente sem movê-lo, criando um grande espirro de sangue nas portas do elevador, que agora tentavam se fechar ao redor do corpo de seu companheiro caído.

— Zero-treze? Zero-treze? — disse a voz que se projetava da lapela do mais alto — Para o subso...

Freitas fez um giro de trezentos e sessenta graus com o corpo, as armas apontadas para frente, confirmando que não havia mais nenhum inimigo. Quando se deu por satisfeito, voltou correndo para dentro da central de reciclagem. Não tinha muito tempo até que outros chegassem pelas escadas.

Ele foi até o fundo da sala e abriu a janela de metal empurrando suas metades para cima e para baixo. A abertura na parede revelou um elevador de carga sujo e coberto por crostas grossas de resíduos apodrecidos em alguns pontos. O próprio Freitas tinha manchas escuras nas costas do paletó e espalhadas pelas calças.

Renata estava ali, desacordada e imunda. Juntando-se à sujeira do pequeno elevador, estava uma poça de vômito da mulher, que se misturava ao sangue que ela continuava perdendo. Freitas não se deteve e abraçou a advogada novamente, após enfiar sua Princesa no coldre e a Sig Sauer na frente da calça. Prendeu a respiração enquanto se esforçava para retirá-la pela janela. Ele mesmo quase vomitara no caminho de descida, não aguentando o cheiro do compartimento.

— Renata? — ele chamou, enquanto caminhava o mais rápido possível para fora da sala de reciclagem sob o peso da mulher — Renata, tá me ouvindo?

Freitas estava preocupado. Não sabia quanto tempo a advogada resistiria com um ferimento daquele tipo. Se ela morresse antes que ele conseguisse ligar o Lexus, então ambos estavam condenados. Ele tinha certeza de que o reconhecimento do BPM não aceitaria o DNA e as impressões de um morto. Já tinha tentado aquele tipo de coisa antes.

A mulher deu um gemido e abriu os olhos quando eles se aproximaram do flutuador. Estava pálida, mas focou no rosto de Freitas, o que lhe pareceu um bom sinal. Precisava levá-la a um médico. Rápido.

O flutuador destravou as portas automaticamente quando detectou a aproximação do BPM de Renata. Freitas colocou a mulher no banco do carona e imaginou o que ela mesma diria de alguém sentando em seus bancos de couro naquele estado.

Após acomodar a advogada, deu a volta correndo pela frente do veículo e sentou-se com dificuldade no lugar do motorista, ajustado para o tamanho de uma pessoa muito menor que ele próprio. Pegou o BPM de Renata e o encaixou entre os dedos da advogada, forçando sua mão a se dirigir ao painel. O veículo reconheceu sua proprietária e iniciou os sistemas.

— Novo motorista detectado. Deseja fazer as mudanças para acomodar seus padrões de peso e altura? — perguntou a voz, e Freitas se espantou. Era a primeira vez que ouvia uma delas programada para parecer masculina. Talvez Renata tivesse preferido daquele jeito.

— Sim, sim — ele respondeu com impaciência — Mas acione o colchão de ar e o campo magnético enquanto isso. Rápido!

O flutuador começou a se afastar do solo, e Freitas pôde ouvir o zumbido dos acionadores magnéticos entrando em ação. Ele pisou fundo no acelerador, enquanto o banco do motorista ainda se afastava do volante. O veículo começou a se mover velozmente pelo espaço exíguo da garagem.

— Aviso ao motorista: não é prudente dirigir enquanto os ajustes são efetuados. Há risco para o veículo e para os passageiros.

Freitas não respondeu. Fez uma curva fechada para a direita entre dois pilares e continuou reto no corredor que o levaria pela garagem até a rampa de saída. Continuava pisando o acelerador até o fim, os olhos fixos na porta das escadas. Sabia que ela iria se escancarar a qualquer momento e só esperava que tivesse tempo suficiente para sair da garagem antes que isso acontecesse. Não teve tanta sorte.

Ele viu um policial corporativo sair agachado, balançando o rifle de assalto de um lado para o outro. O capacete negro da armadura se deteve nos corpos dos seguranças caídos junto ao elevador por apenas um instante, antes de perceber o flutuador em alta velocidade. Ele apontou o rifle para o veículo e, antes mesmo que começasse a atirar, ganhou a companhia de outros três que fizeram mira por cima de sua cabeça.

Freitas gelou. Ainda não tinha passado por onde eles estavam e, mesmo em velocidade, era um alvo fácil daquela distância. Estava acabado.

Os policiais corporativos abriram fogo e não pararam de atirar. Freitas fechou os olhos e se encolheu por instinto, mas continuou acelerando. Ele quase não conseguiu acreditar quando ouviu os primeiros projéteis atingindo a lataria e abriu os olhos apenas para confirmar se as balas estavam mesmo ricocheteando.

— BLINDADO! — ele exclamou, dando uma olhada de relance para a advogada — Ah, Renata. Eu adoro esse seu lado esquizofrênico.

A rampa de saída da garagem crescia rapidamente na frente do flutuador. Freitas apertou um botão no painel e assistiu às barras de segurança prenderem Renata no banco. Ele não acionou as próprias barras, mas segurou firme o volante com ambas as mãos.

— Aviso ao motorista: esta velocidade não é adequada à inclinação da rampa adiante. Risco...

A dianteira do flutuador deu um quique na rampa e o veículo seguiu a toda velocidade em direção à luz do dia.

— ...de descolamento...

Freitas sentiu o volante ficar solto e os geradores de campo magnético rugindo na tentativa de compensarem o distanciamento do chão, quando o Lexus decolou para o lado de fora da garagem.

— ...do solo.

O Lexus viajou vários metros longe do chão e quando perdeu altitude novamente foi a vez dos colchões de ar trabalharem pesado, tentando impedir que o fundo do flutuador colidisse na queda. Mesmo assim, o choque foi inevitável.

Renata deu um pequeno grito de dor e Freitas bateu com a cabeça no teto, arrependendo-se imediatamente de não ter acionado suas barras de proteção. Algumas partes da carroceria se soltaram ou ficaram penduradas, fazendo com que o flutuador se tornasse extremamente barulhento.

Freitas voltou a acelerar, levando o Lexus pela estreita pista de acesso que servia o condomínio. Ele olhava para ambos os lados, tentando identificar algum sinal de perseguidores. Não pareciam ter imaginado que ele conseguiria chegar tão longe, pois não viu ninguém em seu caminho. Quando se aproximou da cancela localizada na parte mais alta da área privada, pôde distinguir ao longe os quatro homens em armaduras negras correndo para o helicóptero de combate pousado num jardim de flores. A cancela automática de polímero e espuma não conseguiu se levantar a tempo e despedaçou-se com o impacto do flutuador.

— Aviso ao motorista: várias avarias foram detectadas em função de impactos do veículo. Aconselhamos os serviços de uma concessionária autorizada. Deseja uma lista das concessionárias autorizadas perto de sua localização atual?

O detetive continuou ignorando a voz que saía repetidamente do painel do veículo e, por um instante, sentiu saudades das vozes femininas que sempre criticara. Esticou o braço e agarrou o ombro de Renata, sacudindo-a.

— Renata! Renata! Fica acordada, fica comigo.

A advogada voltou a gemer e a abrir os olhos. Seu aspecto era péssimo e ele sabia que era uma questão de minutos até que ela sucumbisse à perda de sangue.

— Freitas... — ela balbuciou.

— Calma, eu estou aqui — ele respondeu, apertando o ombro da mulher e dividindo sua atenção entre ela e o trânsito. Já estava na avenida principal.

— Freitas... tem alguma... alguma coisa errada... ele.

— Não fala, Renata. Guarda suas forças.

— Alguma... errada... com ele — ela disse antes de desmaiar novamente.

Freitas voltou a segurar o volante com as duas mãos e a costurar entre os outros flutuadores. Precisava ser rápido e alcançar a saída para o megamall. Se não chegassem antes que o helicóptero aos acessos subterrâneos, estariam em maus lençóis.

Ele já podia ver as placas sinalizando para a direita e a boca do túnel de descida ao longe, quando uma linha funda e irregular começou a se desenhar no asfalto à sua frente, fazendo jorrar detritos que atingiam em cheio o plastvidro do para-brisa. Freitas girou o volante com violência para a esquerda e conseguiu evitar a saraivada de projéteis que vinha de cima, destruindo o asfalto.

O helicóptero de guerra estava logo atrás dele. Um dos policiais corporativos estava em pé na porta lateral, operando a metralhadora manualmente. Os estojos deflagrados pulavam do corpo da arma, criando uma chuva dourada que se espalhava por onde o veículo de combate passava. O atirador se esforçava para atingir o flutuador de Freitas, mas a maneira evasiva como o detetive dirigia e a própria trepidação da arma faziam com que estivesse sempre um segundo atrasado.

A linha de destruição que Freitas via no asfalto se desviou e seguiu o Lexus, passando por cima de um flutuador de modelo antigo que ele tinha acabado de contornar. O veículo se retorceu e foi praticamente cortado ao meio pelos projéteis, atingindo o chão e começando a capotar enquanto se destroçava por completo.

— Caralho! — gritou Freitas. Ele apertou o freio e girou o volante para a direita. A destruição continuou e a linha passou rente à frente do flutuador enquanto ele cruzava a avenida.

A entrada para os níveis de subsolo do megamall estava apenas a alguns metros. Freitas voltou a pisar fundo no acelerador. Ele podia sentir pedaços do flutuador se soltando ou sendo arrastados pelo caminho.

Uma sequência de estalos ensurdecedores fez com que Freitas se encolhesse no lugar do motorista. Era a blindagem sendo colocada à prova pelo poder de fogo superior do helicóptero. A luz do sol invadiu o interior do flutuador através dos buracos feitos no teto pelos projéteis. O banco de trás foi completamente destruído pela saraivada e o veículo começou a deslizar para o lado esquerdo da pista.

— Aviso ao motorista: os pontos esquerdos de acionamento do campo magnético estão avariados. Deseja tentar compensar com os colchões de ar? — disse a voz absurdamente calma do flutuador.

— SIM! SIM! — Freitas gritava desesperado, lutando com o volante, tentando evitar que o flutuador se afastasse da entrada do túnel de descida, que agora estava apenas a algumas dezenas de metros — COMPENSAR. COMPENSAR.

O flutuador se inclinou fortemente, dando uma guinada brusca para a direita e colocando-se novamente na direção da entrada do túnel. No ponto onde o veículo estava no momento anterior, houve uma forte explosão e o vidro da janela de Freitas trincou com o impacto dos destroços. A súbita mudança de direção causada pelos colchões de ar havia salvado Freitas e Renata de um míssil disparado pelo helicóptero, último recurso dos policiais corporativos para evitar que eles alcançassem o subterrâneo.

Os dois deixaram a luz do dia, e as lâmpadas do túnel começaram a passar rapidamente, refletidas na pintura e no para-brisa do flutuador. Freitas olhou para o retrovisor no painel, como se quisesse certificar-se de que o helicóptero não o seguiria dentro das galerias. Quando teve certeza de que aquilo seria impossível, colocou a mão novamente sobre Renata. Ela estava fria e pegajosa, mas viva.

Alcançaram os extensos estacionamentos subterrâneos do megamall e Freitas passou a procurar a indicação de cores correspondente à área hospitalar. Ele ainda dirigia mais rápido do que o permitido, mas sabia que logo os seguranças e os policiais corporativos daquele setor estariam avisados de sua presença. Precisava colocar Renata em segurança naquele instante.

Quando alcançou o setor vermelho, Freitas jogou a frente do flutuador junto à primeira entrada do shopping e parou. Ele saltou do carro e deu a volta, dirigindo-se para a porta de Renata.

— Desculpe, senhor. Não é permitido parar neste local. Há vagas no setor H5 — disse um segurança que se aproximava vindo do interior do shopping. Freitas o tinha visto quando estacionara, mas precisava que ele estivesse mais perto para o plano que tinha bolado dar certo.

Ele acompanhou o movimento pelo reflexo no flutuador e sacou a pequena Sig Sauer da cintura quando o segurança estava apenas a dois passos de suas costas. Virou-se rapidamente, impossibilitando qualquer reação, e deu dois tiros apontando para baixo. Os dois projéteis atingiram em cheio a perna direita do homem de terno, fazendo com que despencasse para o chão com um grito de dor.

— NO CHÃO, SEU CORPORATIVO NOJENTO! — Freitas gritou o mais alto que conseguiu, girando com a arma na frente do corpo para que todos pudessem vê-la. Algumas pessoas que circulavam naquela entrada do shopping correram para dentro ou se jogaram no chão, tentando se proteger — TODOS VOCÊS TÊM QUE PAGAR!

O detetive se abaixou apontando a Sig Sauer para a cabeça do segurança e alcançou a pistola que sabia que ele carregava. Ejetou o cartucho e arremessou a arma em direção ao estacionamento.

Quando teve certeza de que não seria alvejado pelas costas, virou-se e abriu a porta do flutuador. Freitas pegou Renata pelo braço direito e a levantou, fazendo o máximo de esforço para que parecesse que a estava tratando com violência. Renata não acordou nem gemeu dessa vez, e ele temeu pela vida da mulher, mas precisava continuar atuando.

— VOCÊS SÃO ESCRAVOS DAS CORPORAÇÕES. TODOS DEVEM SER PUNIDOS — ele voltou a gritar brandindo a arma para cima e efetuando um disparo em direção ao teto do estacionamento subterrâneo. Enquanto fazia isso, largou Renata sobre o segurança, que a apoiou da melhor maneira possível, puxando-a para junto de si.

Finalmente, apontou a arma para uma esfera negra que ficava exatamente acima do centro das portas de acesso.

— MORTE AOS CORPORATIVOS! — gritou e passou a despejar naquele ponto os poucos projéteis que restavam na Sig Sauer. A esfera negra explodiu em minúsculos pedaços e as portas de plastvidro se despedaçaram. Ao ouvir os cliques da pistola vazia, Freitas se virou e começou a caminhar mais depressa para o flutuador, deixando a arma cair perto de Renata e do segurança.

O flutuador arrancou rápido e desapareceu no estacionamento, pegando outra rampa que levava para os níveis inferiores.

15

A música alta fazia reverberar a decoração do escritório mal iluminado, mas não parecia incomodar o rapaz magricelo, de cabelos arrepiados, que tinha a cara quase enfiada na projeção do holovisor. Ele sacudia a cabeça ao ritmo do rock pesado, sem desviar a atenção dos símbolos, arquivos e pastas que flutuavam à sua frente. Movia as mãos freneticamente dentro da projeção, arrastando elementos de um lado para o outro e, eventualmente, integrando-os numa coisa só. A única fonte de luz era o próprio holovisor no tampo da mesa, iluminando sua face de baixo para cima e fazendo com que seu rosto ganhasse sombras assustadoras. Ignorou completamente a porta se abrindo e a mulher de meia-idade atravessando a sala para se aproximar de sua mesa.

Olga trabalhava para corporativos há muitos e muitos anos, mas nunca tivera um desafio tão grande quanto aquele moleque a quem tinha de chamar de chefe há alguns meses. Ele era muito novo e, na opinião da secretária, não tinha a classe nem a experiência necessárias para ocupar um cargo daquela importância. Ela não queria saber se o moleque era realmente o gênio tecnológico que todos diziam. Apenas achava que não era o tipo de corporativo que merecia uma secretária do seu gabarito.

Ela parou em frente à mesa e esperou, em vão, que ele desse algum sinal de que tinha percebido sua chegada. Irritada, moveu a boca, mas tinha dificuldade em ouvir a própria voz. Por fim, sem achar outra alternativa, debruçou-se sobre a mesa e alcançou o painel de sensores do outro lado. A música cessou, as luzes se acenderam e as venezianas se abriram.

— Sim. Pode falar, dona Olga — ele disse, sem desviar os olhos e as mãos do trabalho.

— São onze horas, senhor — a mulher disse com impaciência, enquanto arrastava com uma das mãos a pilha de lixo, que se acumulava sobre a mesa, para a lixeira que segurava com a outra, rente à borda. Eram embalagens de balas, chocolates, latas e revistas em sua maioria.

— Hummm. Tá. Mas não quero almoçar agora... Mais tarde.

— Senhor, são onze horas... DA NOITE — ela disse, esticando o braço e apontando as janelas para enfatizar o que dizia. O escritório ficava em um dos últimos andares do arranha-céu da megacorporação e tinha uma belíssima vista da Barra da Tijuca, com as ruas iluminadas e repletas de minúsculos flutuadores.

— Ótimo. Ótimo — ele respondeu, sem olhar para o que a mulher apontava. Um dos símbolos que ele manipulava parecia tentar escapar pelo limite da projeção, mas ele moveu a mão rapidamente e o trouxe de volta para o centro, emitindo um sibilo de apreensão entre os dentes — Então só tenho que almoçar amanhã.

O braço da mulher caiu ao lado do corpo e ela soltou um lamento de reprovação. Não ganhava créditos suficientes para aguentar aquele tipo de coisa.

— Senhor Fernando, o senhor me pediu que eu o lembrasse do seu compromisso de hoje à noite.

— ISSO! — o rapaz gritou. Qualquer um teria ficado assustado, mas Olga tinha se acostumado depois da décima vez. Aparentemente, ele tinha conseguido fazer o que quer que estivesse tentando, pois o conjunto de elementos e símbolos agora girava no centro da projeção, formando uma esfera perfeita — Dona Olga, faz um memorando pro chefe do departamento de projetos dizendo que eu consegui resolver o problema do fluxo de dados... não, melhor, pode deixar que eu mesmo vou contar pra ele.

O rapaz se levantou e se espreguiçou, atirando os braços em direção ao teto. Era de estatura mediana e muito magro. A camisa social branca amarrotada o engolia e aquelas calças certamente não tinham sido ajustadas para ele. Estavam literalmente amarradas ao seu corpo pelo cinto, que dava quase duas voltas em sua cintura. Ele começou a circundar a mesa para se dirigir à saída.

— Senhor Fernando. SENHOR FERNANDO! — Olga teve que levantar a voz para que o rapaz parasse e virasse para ela — Eu tenho certeza de que o chefe do departamento de projetos, seja lá quem for, há muito já está em casa com sua família. Além do mais, o senhor não tem tempo. Está atrasado para o seu compromisso das onze e meia.

— Compromisso? Que compromisso? — o rapaz perguntou, coçando a cabeça.

— Sinceramente, não sei, senhor. O senhor não quis dizer. Apenas falou para que o lembrasse que tinha que encontrar com um velho amigo no bar de sempre, hoje às onze e meia.

— PUTZ!!! — ele exclamou e olhou para fora, finalmente percebendo que já era tarde da noite — Pô, dona Olga, por que a senhora não me avisou?

A mulher não se dignou a responder. Apenas ficou observando enquanto o rapaz arrancava o seu BPM do tampo da mesa e corria em direção à porta. Antes de sair, porém, ele parou e se dirigiu novamente à secretária com um olhar indignado.

— Aliás, eu já não falei pra não me chamar de Senhor Fernando?

— Já. Várias vezes — ela respondeu com a voz firme — Mas eu já disse que me recuso a chamá-lo daquilo.

O rapaz deu uma pequena risada e saiu voando pelos corredores da PMB International em direção ao hall dos elevadores. No caminho, encontrou vários outros funcionários do departamento de novas tecnologias, que ele próprio dirigia, trabalhando em suas baias.

Não era o único viciado em mergulhar nos dados dos computadores, afinal.

— Fala, Rato!

— Oba — ele respondeu.

— Grande Rato!!!

— Beleza? — falou dando um tapa estalado na mão erguida de mais um colega de trabalho enquanto passava.

Ele entrou num dos quatro elevadores emparelhados no hall.

— Térreo — disse antes que a voz do prédio perguntasse seu destino.

A imagem nos espelhos do elevador era a de um jovem que aparentava ser ainda mais novo do que realmente era. Os cabelos negros eram cuidadosamente arrepiados com gel e seu rosto não tinha quase nenhum pelo, à exceção de um pequeno tufo logo abaixo do lábio inferior, que ele cultivava com carinho. Seu nariz era longo e fino, com uma protuberância bem na metade, como se já tivesse sido quebrado naquele ponto alguma vez. Seu conjunto realmente fazia jus ao apelido.

— Olha lá em que merda você está nos metendo — ele disse para o próprio reflexo e, logo em seguida, respondeu sorrindo — E desde quando a gente se preocupa com esse tipo de detalhe?

Rato riu e saiu do elevador quando as portas se abriram no térreo. Cumprimentou o policial corporativo que estava de guarda na portaria em sua armadura azul reluzente e deixou as instalações da PMB International.

O táxi que ele pegou encontrou algum trânsito e demorou mais que o esperado para chegar até a área de diversão do megamall àquela hora. O complexo de casas de show, bares, restaurantes e holocinemas era o programa mais disputado nas noites da Barra da Tijuca. Uma fila de flutuadores se formou à espera de uma vaga no estacionamento subterrâneo.

Rato decidiu saltar do táxi e andar o restante do caminho. Já estava mais do que meia hora atrasado para o seu encontro.

— Vou descer aqui — ele disse para o taxista, já enfiando o BPM nas costas do banco do carona.

Caminhava pelo estacionamento subterrâneo em direção à entrada mais próxima e se desviava das pessoas que conversavam em pequenos grupos em volta de flutuadores de todas as cores e modelos. Ninguém pareceu reconhecê-lo.

Seu momento de fama tinha acontecido aos doze anos de idade, quando conseguira penetrar os sistemas de várias megacorporações. Deveria ter sido banido para a Zona de Guerra quando foi pego, mas o próprio homem que o prendeu interveio, convencendo vários corporativos a não desperdiçarem um talento que devia ser direcionado para os interesses corretos. Nos meses seguintes, foi tratado como uma celebridade e teve sua imagem girando em holovisores pelo mundo afora. Uma das próprias corporações que ele tinha invadido o contratou por um salário exorbitante, que só fez aumentar enquanto galgava cargos, até chegar ao posto que ocupava hoje. Aos vinte anos, ganhava uma pequena fortuna em créditos.

As portas do shopping se abriram à sua frente e ele ganhou os corredores em direção ao bar de esportes que tanto apreciava. Andava rapidamente, como estava acostumado. Aliás, não gostava de nada que fosse lento ou demorado.

O "Décimo-segundo Homem" surgiu num dos corredores, com seu letreiro colorido simbolizando uma camisa vermelha e preta, de número doze. Era um bar não muito famoso, completamente dedicado aos fãs de esportes, principalmente o bom e velho futebol.

Rato empurrou as portas duplas que, diferentemente de todas as outras, não eram automáticas e entrou no estabelecimento. O bar não estava muito cheio, mesmo com todo o movimento do shopping, e ele pôde ter uma boa visão do salão. O bar redondo tinha umas poucas pessoas sentadas e a enorme projeção do holovisor por trás do barman transmitia um jogo entre dois times estrangeiros em alguma cidade-fronteira da Europa. As várias mesas, separadas em pequenos cubículos de madeira com bancos acolchoados acoplados, também não estavam todas ocupadas, mas as que estavam tinham seus holovisores menores projetando outros eventos esportivos para os clientes. Aquela diversidade de projeções deixava o ambiente com uma iluminação tênue, que mudava de coloração em função do que acontecia nos jogos.

Ele se aproximou do bar e enfiou o BPM em uma abertura no balcão, bem em frente ao banco que ocupou.

— Tudo bem, George? — Rato perguntou ao enorme barman que se aproximou.

— Tranquilo, Rato? O de sempre?

— Isso. Duplo, que hoje o dia foi difícil — Rato respondeu.

O barman deu um sorriso e se abaixou para alcançar o armário embaixo do balcão. Quando levantou, tinha duas garrafas de refrigerante entre os dedos da mão direita. Ele as colocou sobre o balcão, que detectou os produtos e emitiu dois sinais curtos, sinalizando que os créditos correspondentes haviam sido cobrados no BPM. Com a mão esquerda, ele deslizou um guardanapo para frente de Rato.

— Não precisa do guardanapo não. Obrigado — Rato falou, pegando uma das garrafas do balcão.

— Você vai querer o guardanapo sim — o barman retrucou, empurrando-o mais ainda para perto de Rato.

Rato olhou para baixo e congelou na posição em que estava enquanto lia a mensagem curta escrita no guardanapo amarelo. "Mesa do fundo", dizia.

Ele desistiu de abrir o refrigerante ali onde estava. Arrancou o BPM do balcão, segurou as duas garrafas entre os dedos de uma só mão e saiu andando em direção à parte de trás do salão.

— Valeu, George — Rato disse, sem olhar para trás.

Ele passou por vários cubículos vazios antes de chegar ao maior deles, bem no fundo, na parte mais escura do bar. Algumas mesas no caminho tinham os holovisores ligados, com a frase "em manutenção" girando acima da altura das paredes baixas. Certamente, George tinha ligado os avisos para desestimular qualquer um que quisesse sentar naquela parte do bar.

— Não que precisasse — Rato pensou.

Ele entrou no espaço reservado e colocou as duas garrafas sobre a mesa enquanto se sentava. Ao lado delas, deixou cair o guardanapo que recebera com a mensagem.

— Cara, a sua letra é horrível! — Rato disse, enquanto finalmente torcia a tampa de uma das garrafas. A ação fez com que o mecanismo interno da embalagem fosse acionado e ele pôde sentir a bebida gelando quase que instantaneamente em sua mão.

— Desde os antigos teclados que as corporações vêm nos acostumando a não escrever mais nada à mão livre. O que você esperava? — Freitas se defendeu. Sentado no canto mais escuro do cubículo, iluminado apenas pela luz suave do holovisor, assistia a um jogo de bocha.

Rato estava virando a primeira garrafa de refrigerante. Seu pomo de adão proeminente subia e descia enquanto ele sorvia grandes goles do líquido dourado que descia da garrafa apontada para o teto.

— Aaahhhhhhhhh — ele exclamou com gosto quando terminou — Agora sim!!! Tava morrendo de sede.

Freitas ficou olhando para o rapaz à sua frente enquanto ele abria a outra garrafa. Ficou imaginando o quanto engordaria se tomasse refrigerante daquele modo. Sentiu uma ponta de inveja do metabolismo jovem do garoto.

— Pô, Freitas! Bocha?!?!?!? Não tem nada melhor pra assistir? — Rato perguntou. Ele agora tomava o refrigerante da segunda garrafa em goles de uma pessoa normal.

— Não tô vendo o jogo. Tô esperando passar o... Ah, olhaí. Tá passando de novo.

O jogo foi interrompido por palavras grandes em vermelho que giravam no centro da projeção. "INFORME URGENTE DE SEGURANÇA", dizia a frase em letras maiúsculas. A voz grave e clara de um locutor começou a narrar os fatos do dia anterior e a alertar os cidadãos de dentro da Fronteira contra uma ameaça.

— Atenção! Se você viu este homem, alerte imediatamente a Polícia Corporativa mais próxima de você — uma imagem tridimensional da cabeça de Freitas girava na parte inferior direita, enquanto a gravação da câmera de segurança do shopping era exibida na maior parte da projeção — Carlos Freitas é um foragido perigoso ligado a grupos radicais ambientalistas. Ele coloca todos os habitantes da Barra da Tijuca em risco.

A projeção dava ênfase aos tiros na perna do segurança e à parte final, quando Freitas gritava "morte aos corporativos". A cena do detetive gritando e atirando contra a câmera foi repetida três vezes antes do intervalo do jogo de bocha terminar, certamente com o intuito de causar terror em qualquer um que encontrasse com ele. Freitas desligou o holovisor quando um velhinho se inclinava para arremessar a pequena esfera em mais uma jogada.

— Ótimo. Continuam sem falar nada da Renata. É sinal de que ela não morreu — Freitas disse.

— Dá pra você me dizer o que aconteceu? — Rato perguntou. Já estava na metade da segunda garrafa de refrigerante.

— Depende de que programa você estiver assistindo — Freitas respondeu com sarcasmo na voz — Alguns deles falam que eu sou um assassino que falhou ao cumprir um contrato contra a Renata; outros, que eu sou um líder de gangue que conseguiu burlar a segurança da Fronteira; e essa última, que eu estou ligado a radicais ambientalistas.

— Tá. Eu já vi esses todos em casa e no escritório. Achei um pouco pobres. Quero a versão do diretor — Rato brincou.

— Tem certeza de que você quer saber? Quanto mais você souber, mais vai estar se comprometendo. Está correndo risco só de estar aqui.

— Freitas, quando você me conheceu, eu tinha doze anos... e estava prestes a surrupiar milhões em créditos de mais de dez megacorporações diferentes. Você acha, realmente, que eu estou preocupado com riscos por ter encontrado você num bar de esportes?

Freitas não respondeu imediatamente. Ficou olhando para o rosto do rapaz. Tivera dificuldade em reconhecê-lo quando o viu entrando no bar. Não fossem as feições tão características que lhe renderam seu apelido, poderia ter cruzado com ele na rua sem perceber. Oito anos haviam se passado e ele ainda via em sua frente o menino que salvara do exílio. Mas será que podia confiar nele? Confiara em Renata e tudo acabou daquele jeito.

— Não é só isso... A história toda é muito complicada e...

— Freitas — Rato o interrompeu com a voz firme, livre do ar juvenil que sempre utilizava, e falou as palavras pausadamente — Eu... não... sou... a... Renata.

O detetive ficou olhando espantado para o rosto de Rato. Não era mais um garoto, nem mesmo um rapaz, a despeito das aparências.

— Porra, tão ensinando você a ler pensamentos agora?

— Eu sou um gênio, esqueceu?

— Tá, tá bom. O que você descobriu pra mim?

Rato deu mais uma virada no que sobrara do refrigerante e estalou os lábios antes de começar.

— Dois dias antes da prostituta cair do prédio, a família inteira do presidente da Rinehardt morreu num acidente de helicóptero.

— O quê?!? — Freitas se inclinou e apoiou os cotovelos na mesa com os braços cruzados na frente do corpo.

— Mulher e um casal de filhos — Rato continuou, acenando a cabeça para cima e para baixo — Estavam indo para São Paulo. Ninguém conseguiu descobrir as causas do acidente, mas parece que o helicóptero explodiu antes de tocar o chão. Os caixões foram enterrados vazios porque não havia como recuperar os corpos tão longe dentro da Zona de Guerra. E adivinha?

— O maridão não foi ao enterro?

— Não passou nem perto do cemitério. A Rinehardt usou toda a sua influência e poderio econômico para abafar o caso junto às megacorporações de comunicação. Foi por isso que não saiu nada nos holonoticiários. Eu tive que rodar uns programas sinistros de infiltração e rastreio pra conseguir essas informações. E, mesmo assim, só descobri, porque alguém vacilou e registrou a baixa de um helicóptero inteiro dos ativos da megacorporação, sem nenhuma entrada correspondente de créditos. Daí, comecei a fuçar e cheguei a isso.

Freitas se recostou e cruzou as mãos sobre a barriga. Quando percebeu que Rato deu um sorriso malicioso olhando para sua cintura, endireitou-se para diminuir os pneus e tentar evitar a piadinha que sabia que ele estava preparando.

— Você acha que ele tem alguma coisa a ver com isso? — Rato perguntou.

— Não sei, mas é muita coincidência. A família e a amante em dois dias?!? Muita coincidência. Você conseguiu o perfil dele?

Rato tirou o BPM do bolso e o enfiou na abertura da mesa. O holovisor voltou a funcionar e a projetar o conteúdo do aparato.

Freitas estava olhando para um cubo flutuando à sua frente. Ele girava lentamente e era formado por centenas, talvez milhares, de pastas minúsculas. Eram tantas e tão pequenas que ele tinha dificuldade para distinguir o que estava escrito em cada uma delas.

— Nossa!!! Como é que você consegue ler pra saber qual pasta tem os dados que você quer? — Freitas perguntou, apertando os olhos e chegando mais perto da projeção.

— Não leio. Eu as coloco dentro do cubo numa ordem que eu criei. Assim, simplesmente sei onde as coisas que eu quero estão — Rato respondeu. Ele moveu a mão direita com velocidade e precisão, indo tocar com o indicador uma pasta quase no centro da forma geométrica. Ela girou e se abriu, passando a ocupar todo o espaço.

— Tá. Me lembra de pedir pra você organizar minha mesa qualquer dia desses — Freitas brincou antes de começar a ler o arquivo.

As informações do arquivo sobre o presidente da Rinehardt não eram diferentes do que Freitas esperava. Andreas Wittgood, americano, cinquenta e quatro anos, morava no Rio de Janeiro há quinze, desde que viera assumir a presidência da megacorporação nas cidades-fronteira da América Latina. Parecia ter se adaptado muito bem à vida dos trópicos, pois as fotos mostravam um sujeito sorridente em festas e atividades esportivas, várias delas na praia, sempre com, pelo menos, quatro seguranças. Sua formação era em administração com uma pós-graduação em Harvard. Era um sujeito corpulento, como Freitas, mas sem a barriga desajeitada. A família parecia comum, a mulher beirando os quarenta anos e um casal de filhos adolescentes. Segundo o arquivo, ele se relacionava com Rita de Cássia há quase um ano. O figurão não aparecia em público fazia mais de um mês.

— E aí? — Rato perguntou quando percebeu que Freitas tinha terminado de ler as informações.

— E aí que está faltando alguma coisa. Não faz sentido — Freitas respondeu sacudindo a cabeça — As pessoas matam as mulheres para ficarem com as amantes ou matam as amantes para se livrarem de um problema. Mas por que alguém mataria as duas? E quase ao mesmo tempo! E além do porquê, tem o como: ninguém foi registrado entrando ou saindo do prédio na noite do assassinato. Como é que esse desgraçado entrou e saiu do prédio? Tem alguma peça que não se encaixa.

A conversa dos dois foi subitamente interrompida. As luzes do bar se acenderam e o local ficou completamente claro e silencioso. Num reflexo, Freitas sacou sua Princesa e ajoelhou-se no banco acolchoado, usando a parede do cubículo como proteção e apoio para o braço que fazia mira.

— Calma! — disse George, com os braços musculosos apontando para o teto e um pano de prato balançando na mão direita — Sou só eu. Todo mundo já foi embora e eu fechei o bar. Só vim dizer que agora vocês podem ficar à vontade.

— Caralho, George! Quase que eu meti um projétil na sua cab... — a frase morreu na boca de Freitas quando ele percebeu algo que não tinha visto antes na penumbra. Ele se levantou, saiu do espaço reservado que estavam ocupando, passou pelo barman e caminhou até perto da parede na lateral do bar.

George e Rato se aproximaram e ficaram observando, enquanto Freitas acariciava a parede com as duas mãos espalmadas.

— O que tinha aqui, George? — o detetive perguntou antes que qualquer um dos dois pudesse dizer alguma coisa.

— Eu comprei um Oráculo. Os caras mandaram instalar e a

imagem dos jogos realmente ficou magnífica, parece que você está assistindo no estádio. O problema é que tava com algum tipo de vazamento. Tá vendo a mancha escura de umidade que ficou na parede? Eles tão fazendo recall de um lote inteiro que está com o mesmo problema. Prometeram que voltam com um aparelho novo na semana que vem.

Freitas se virou e olhou para Rato. Tinha um sorriso estampado no rosto.

— Que foi? — Rato perguntou intrigado, mexendo no tufo de pelos embaixo do lábio inferior.

— Foi que nós já temos o como. Agora só falta o porquê.

16

O encarregado do estoque sacudiu a cabeça negativamente, antes de falar novamente com o visitante.

— Não tenho nenhum registro da entrega desses componentes.

— Tem certeza? — perguntou o entregador.

A entrada de serviço da Rinehardt Corporation era um pátio gigantesco e muito movimentado. Flutuadores de carga circulavam arrastando pranchas que pairavam sobre colchões de ar a um palmo do chão. As pranchas entravam cheias de caixas e equipamentos e voltavam vazias, ou faziam o movimento contrário, levando materiais dos estoques para setores que os haviam requisitado.

Não era nada incomum ver flutuadores de outras megacorporações trazendo peças e componentes encomendados pela Rinehardt. O entregador que conversava com um dos encarregados de liberar a entrada ou a saída de materiais usava um uniforme azul da PMB International, bastante apertado na cintura.

— Você já checou em peças eletrônicas de reposição? — perguntou o entregador, tentando afundar o boné ainda mais na cabeça, toda vez que o corporativo da Rinehardt o encarava.

— Já... já chequei — respondeu o encarregado, já de mau humor com o gordo insistente.

Rato estava atrasado. Tinha garantido a Freitas que conseguiria burlar a segurança do sistema da Rinehardt e inserir o pedido de peças.

— Ahn, será que você poderia checar mais uma vez. O meu chefe está no meu pé e se eu voltar com essa entrega — Freitas fez uma cara feia e passou o dedo indicador pelo pescoço, simulando sua própria degola.

O encarregado deu um pequeno suspiro e lembrou que ele mesmo tivera problemas com seu superior naquela manhã. Começou a checar os dados no holovisor mais uma vez.

— Ei, achei!!! Mas tenho certeza de que não estava aqui há um segundo.

— Ah, não esquenta. Esses malditos engravatados vivem ferrando com a gente. Mas somos nós de baixo que fazemos as megacorporações funcionarem, não é isso?

— É. Ééé... — respondeu o encarregado, desanimado — Se pelo menos a gente ganhasse os créditos que eles ganham.

Os dois homens começaram a rir. Freitas estava fazendo um esforço enorme para não chamar a atenção para o seu rosto. Não podia se dar ao luxo de ser reconhecido logo na entrada.

— E aí, pra onde vou? — ele perguntou.

— Deixa eu ver... quinquagésimo quinto andar. Setor de novas tecnologias. Toma aqui.

O encarregado grudou um pequeno chip de reconhecimento na manga da camisa do uniforme de Freitas. Agora ele poderia passar pela segurança do prédio sem ser incomodado, pelo menos, até o andar de novas tecnologias. Rato não quis arriscar tentando inserir uma entrega num departamento mais alto que aquele. Precisava fazer parecer uma coisa de rotina. O detetive ia ter que se virar para conseguir passar pelos cinco andares que faltavam até a cobertura da presidência.

Ele esticou o braço para puxar a pequena prancha de flutuação onde estavam as caixas que supostamente iria entregar e sentiu o

— Rio: Zona de Gerra —

uniforme apertar na barriga. Agora preferia que a piada de Rato sobre seu peso tivesse acontecido no bar e não ficado para depois.

O uniforme, bem menor que ele próprio, era extremamente desconfortável tanto quanto o tipo de brincadeira que podia esperar de seu amigo roedor.

Ele começou a caminhar sob a cobertura do galpão em direção aos elevadores de carga. Teve que esperar em uma pequena fila de entregadores verdadeiros de megacorporações diversas. Quando finalmente chegou a sua vez, ocupou o elevador com outros quatro, todos puxando pranchas de flutuação carregadas de caixas para outros setores. Os colchões de ar embaixo das pranchas empurravam o ar preso no pequeno espaço do elevador para dentro das pernas das calças dos passageiros, fazendo com que se inflassem. Freitas achou um tanto ridículo aqueles cinco homens em silêncio no elevador, com calças que pareciam ser de palhaços de circo.

Os outros ocupantes foram descendo em andares mais baixos que o dele e, quando alcançou o quadragésimo quinto, já estava completamente sozinho. Ele passou a mão sobre a caixa no topo da pilha, em cima da prancha flutuadora, e ficou olhando a tela com a informação dos andares.

— Quinquagésimo quinto andar. Novas tecnologias — disse a voz feminina do prédio da Rinehardt.

Freitas saiu do elevador puxando a carga atrás dele com o mínimo de esforço. O corredor pelo qual seguiu não era muito movimentado e desembocava numa sala ampla com incontáveis cubículos, ocupados normalmente por pessoas muito novas. Várias delas o lembraram de Rato quando o conhecera.

Ninguém pareceu dar muita atenção ao carregador atravessando o salão, seguido pela prancha flutuadora repleta de caixas. Rato escolhera bem: o departamento de novas tecnologias de uma megacorporação era o que mais recebia encomendas diariamente. Na verdade, enquanto cruzava o departamento, Freitas deu de cara com outro entregador voltando do fundo com sua prancha flutuadora vazia. O outro homem de macacão teve que entrar em um dos corredores transversais da trama de cubículos para dar passagem e acenou com a cabeça. Freitas devolveu o cumprimento segurando a aba do boné, puxando-a ainda mais para a frente do rosto. Ele chegou ao fim do salão e sumiu em outro corredor. Este era muito mais curto que o do elevador, e Freitas podia ver no final uma pequena sala com uma mesa cercada de caixas, do jeito que Rato tinha descrito. A corporativa que ocupava a mesa enfiava as mãos em uma holoprojeção e arrastava as imagens de pequenos cubos flutuantes para colocá-las em ordem junto a outras já empilhadas. Um braço mecânico com a logomarca da Rinehardt gravada se movia com precisão, colocando as caixas reais em uma esteira rolante que as levava direto por um buraco na parede, provavelmente para onde a responsável tinha programado.

Freitas parou no meio do caminho para a mesa, ao lado de duas portas que se contrapunham nas paredes do corredor. A corporativa, percebendo sua presença, fez sinal para que se aproximasse. Freitas respondeu o sinal colocando a mão sobre a barriga e apontando para a porta da direita. A mulher fez um sinal de positivo com o dedão e voltou a se concentrar na ordenação de seu estoque. Se aproveitando de um momento em que o braço mecânico passou em frente à mesa, bloqueando a visão da corporativa, o detetive agarrou a caixa de cima a fim de levá-la consigo para dentro do banheiro dos homens.

O banheiro era espaçoso e muito limpo. Freitas pensou que um batalhão poderia ocupar aquele espaço ao mesmo tempo, tantas eram as portinhas dos reservados. Ele escolheu aquela que ficava mais perto da parede do fundo e entrou no pequeno espaço com a caixa.

Freitas baixou a tampa do sanitário e sentou-se, colocando a caixa entre as pernas. Ele a abriu, retirou oito caixas menores e voltou a fechar a grande, passando a utilizá-la como mesa. O detetive começou a retirar componentes eletrônicos e mecânicos das pequenas caixas e a montá-los habilmente, num processo que já devia ter feito milhares de vezes e que podia repetir de olhos fechados. Poucos segundos depois, estava empunhando sua companheira na frente do rosto.

— Acionar — ele disse. A pistola vibrou em sua mão e emitiu um pequeno clique, o que significava que estava pronta. Freitas beijou a arma antes de aninhá-la dentro do macacão apertado na cintura — Agora somos só nós dois, Princesa.

Ele guardou as caixas menores dentro da maior e saiu do reservado, indo direto para a porta do banheiro. Enquanto passava pelas pias impecavelmente limpas e brancas, ele conferiu seu reflexo no espelho, que se estendia de parede a parede. O boné enterrado na cabeça e inclinado para frente escondia boa parte das feições superiores de seu rosto e apresentava uma auréola de suor em toda a volta. Manchas ainda mais significativas escureciam o tecido em torno das axilas e na cintura justa demais ao corpo. Ele soltou um suspiro.

— Regime... agora.

Freitas abriu a porta do banheiro e saiu, protegendo a caixa que carregava com o corpo. Quando teve certeza de que a visão da mulher do estoque estava bloqueada pelo braço mecânico, recolocou-a sobre a pilha, em cima da prancha flutuadora, e seguiu em direção à mesa.

A entrega não demorou mais do que trinta segundos e a mulher não perdeu tempo olhando para o rosto do entregador gorducho. Os dados estavam inseridos corretamente no sistema e era isso que importava. As caixas cheias de bugigangas velhas que Freitas trouxera foram levadas pela esteira, desaparecendo pela abertura escura na parede. Provavelmente, levariam meses para perceber que nunca tinham pedido qualquer equipamento da PMB International e, quando o fizessem, pareceria simplesmente um erro de protocolo entre corporações. O plano que ele criara com Rato era livre de falhas, mas ia somente até aquele ponto. Agora tinha que subir mais cinco andares completamente desconhecidos, sem nenhum tipo de ajuda ou previsão do que podia acontecer.

Freitas arrastou sua prancha flutuadora vazia pelo labirinto de cubículos em direção ao hall por onde entrara. Dali iria tentar alcançar o próximo andar pelas escadas. Quando estava quase saindo da sala ampla, uma mão em seu ombro direito o fez parar e girar. Uma sensação de queimação invadiu o seu peito e ele sentiu os pés ficarem gelados. Tinha certeza de ter sido pego.

— Oi — disse o homem engravatado. Era muito magro e pálido. Usava uma camisa de botão de manga curta e tinha o cabelo emplastrado de gel, como há muito tempo Freitas não via ninguém usar — PMB International, não é?

— Isso — Freitas respondeu secamente, tentando retomar o controle da situação. Olhou em volta, procurando algum lugar para esconder o homem caso precisasse nocauteá-lo, mas decidiu que seria loucura. Certamente seria visto.

— Você já ouviu falar de um Fernando do departamento de novas tecnologias? — o homem perguntou e fez uma pausa, como se quisesse avaliar as feições de Freitas — É um cara novo... ele dirige o lugar.

Freitas olhou em volta esperando que um pelotão inteiro de policiais corporativos caísse sobre ele. Estranhamente a sala e as pessoas continuavam em seu ritmo normal, ignorando completamente a conversa dos dois homens num dos pequenos corredores.

— Hãã, o Rato? — Freitas perguntou, sem ter certeza de que aquele era o melhor caminho a seguir.

— ISSO!!! — o homem alteou a voz, excitado, para logo depois olhar em volta preocupado e voltar ao tom sussurrado — Isso. É ele mesmo. Você o conhece?

— Bem... Conheço... Nós já... já almoçamos juntos no refeitório da empresa algumas vezes.

— Isso é... — o homem fez uma pausa e levou a mão direita para o bolso de trás da calça. Freitas se preparou para atingi-lo com toda força e sacar sua Princesa.

— ...ÓTIMO!!! — o estranho continuou, levantando um holocartão na frente do rosto de Freitas — Será que você poderia entregar meu cartão pra ele? Diga que eu sou um grande fã de seu trabalho, desde a época em que ele foi processado pelas invasões dos sistemas corporativos. Se ele não se importar, eu gostaria de mandar um currículo. Sempre quis trabalhar na PMB.

Freitas deu um suspiro e baixou a mão direita, já a meio caminho de buscar a Princesa dentro do macacão.

— Claro — Freitas respondeu e tirou o holocartão da mão do homem de forma um pouco impaciente — Pode deixar que eu entrego, com certeza.

O detetive se virou e recomeçou seu caminho, sem prestar atenção aos agradecimentos entusiasmados do homem esquálido.

Finalmente, no hall de entrada do andar, Freitas parou em frente ao elevador pensando em como faria para subir sem ser notado. Imaginou se os jogos de palavras de Rato funcionariam com computadores do porte de um prédio como aquele.

— Elevador — ele disse.

— O elevador está no décimo terceiro andar e subindo. Qual o andar de destino, por favor? — disse a voz feminina do prédio.

— Eu desejo ir ao sexagésimo... pelas escadas.

— Negativo. Seu chip de acesso autoriza movimentação apenas no quinquagésimo quinto. Qual o andar de destino, por favor?

— Eu preciso usar as escadas, porque... — Freitas tentou continuar, mas a voz feminina o interrompeu.

— Acesso pelas escadas liberado — disse o prédio. A porta da escada se destravou com um clique.

Os olhos de Freitas estreitaram com a desconfiança e ele andou para trás, encostando-se na parede e enfiando a mão direita dentro da abertura do macacão. Não sabia o que tinha acontecido, mas certamente não havia sido ele quem conseguira burlar a segurança do prédio. Ele olhou para os dois lados do corredor. Tudo parecia calmo na sala de novas tecnologias e não havia nenhum movimento vindo da porta destrancada das escadas.

Freitas não estava gostando nada daquilo. Não acreditava em nada fácil demais, muito menos dentro do prédio de uma megacorporação. Infelizmente, não estava em posição de recusar qualquer ajuda que fosse, então começou a percorrer a curta distância que o separava da porta da escada, arrastando as costas do macacão contra a parede.

Ele empurrou a porta o mais suavemente que pôde e a ouviu ranger nas dobradiças. O som agudo ecoou pelas dezenas de andares, indo e voltando, cada vez mais fraco, até desaparecer por completo. Freitas esperou e escutou, pacientemente, enquanto o eco se dissipava, na tentativa de detectar qualquer outro ruído. Não percebeu nenhum. Quando se deu por satisfeito, escorregou lentamente para o ambiente pouco iluminado da escadaria, fechando a porta de metal atrás de si. Voltou a ouvir os ecos, desta vez, do clique da porta se trancando.

A aparência das escadas contrastava completamente com a dos corredores e salões da Rinehardt Corporation. As paredes eram de concreto cru e toda a estrutura dos degraus era feita de metal, sem nenhum tipo de pintura. Era como se o mundo tivesse se tornado o interior de uma caixa, sem curvas e sem cor. Ficava claro que aquela parte da construção existia apenas por uma exigência das normas de segurança. Não fora projetada com a menor intenção de ser realmente utilizada, nem mesmo como trajeto de serviço.

Freitas sacou sua Princesa e deu dois passos para frente. Inclinou-se sobre o corrimão de metal e olhou para baixo através do vão que separava os lances de degraus opostos. A estrutura de metal se esticava para baixo, até onde a visão de Freitas alcançava. Ele não conseguiu distinguir tipo algum de movimento nos andares abaixo dele.

Olhou para cima e o fim das escadas naquela direção estava infinitamente mais perto. Apenas cinco andares o separavam de seu objetivo. Também não viu nada que o preocupasse no caminho que precisava seguir.

Ele começou a subir os degraus lentamente, o corpo encostado na parede oposta aos corrimões, segurando sua Princesa apontada para cima.

No meio do segundo lance de escada, Freitas percebeu que a porta do quinquagésimo sexto andar estava escancarada. Ele ficou olhando para aquele retângulo escuro aberto na parede de concreto por um longo tempo, antes de voltar a se mover. Todo o andar parecia estar no mais completo breu. Nenhum ruído vinha da escuridão. Nenhuma luz e nenhum som num lugar que deveria estar repleto de corporativos e de todas as máquinas que sempre os cercavam.

Freitas tentou esticar a perna direita para subir os degraus de dois em dois, mas o macacão apertado restringia seus movimentos.

— Merda, Rato! Tomara que seja você mexendo nos sistemas do prédio — ele disse para si mesmo, mas tinha certeza de que não era. Mesmo um gênio como aquele garoto tinha limites do que podia fazer a distância contra uma megacorporação daquele tamanho.

O detetive tirou uma das mãos da pistola e arrancou o boné da cabeça, deixando-o cair nos degraus abaixo de si. Em seguida, começou a despir o macacão apertado, trocando a arma de mão para tirar os braços das mangas, sem nunca deixar de apontar sua Princesa para o escuro que o espreitava. Não fazia mais nenhum sentido manter aquele disfarce.

Sem o boné para contê-lo, o suor escorria abertamente pela face e pescoço de Freitas. Foi um alívio tirar o macacão apertado e ficar somente com sua calça social e a camiseta branca de algodão. Podia se mover sem nenhuma restrição e esperava que isso fosse suficiente.

Ele subiu rapidamente os degraus que faltavam e se colocou ao lado da porta aberta. A luz fraca que saía das escadas desenhava um trapézio claro e comprido no chão do hall dos elevadores, mas não era suficiente para iluminar mais do que alguns metros na escuridão total do andar. Freitas sabia que aquele cenário estava contra ele. Assim que seu corpo passasse na frente da porta, seria um alvo fácil para qualquer um que estivesse à espreita.

— Sem saída — pensou o detetive.

Sua melhor chance era entrar com tudo na escuridão, procurando um lugar para se proteger. Ainda estaria em desvantagem, pois seus olhos demorariam a se acostumar com a nova condição de falta de claridade, mas era melhor do que ficar como um alvo estático no portal iluminado.

Freitas respirou fundo e girou o corpo. Deu dois passos rápidos para dentro do salão e se arremessou na escuridão, os braços esticados, segurando sua Princesa para responder a um ataque que nunca veio.

Ele esperou que parasse de deslizar pelo chão empoeirado e depois ficou imóvel, deitado sobre a lateral de seu corpo. Tentava controlar a respiração pesada enquanto perscrutava a escuridão em busca de um inimigo desconhecido. Os segundos pareciam não passar, e ele sentia o suor congelar em sua pele.

Freitas aguardou o que considerou uma eternidade. Só então começou a se levantar bem devagar, primeiro, ficando sobre o joelho direito, depois, de pé.

— Elevador? — ele disse.

Nenhuma resposta.

— Luzes?

Nada. Todo o andar estava desativado.

Rato não tinha falado nada sobre aquilo. Qualquer que fosse o motivo daquele abandono, não estava registrado em nenhum dos sistemas que ele tinha invadido.

O detetive tentou se lembrar da disposição dos móveis no andar de baixo e arriscou alguns passos em direção ao breu mais profundo. Ele avançava com os olhos arregalados, esforçando-se para captar o menor sinal de luminosidade, e os braços esticados para frente. Enquanto a mão esquerda tateava em busca de possíveis obstáculos, a esquerda permanecia firme, suportando o peso da arma apontada para frente.

Ele avançou lentamente por alguns metros, até que sua coxa se chocou com a primeira mesa do salão de cubículos. O andar realmente parecia ser padronizado como o anterior.

Freitas passou a mão pelo tampo da mesa, torcendo para que, pelo menos, as estações de trabalho ainda continuassem abastecidas de energia. Um bip baixo se fez ouvir e logo ele pôde distinguir a logomarca da Rinehardt se formando na holoprojeção à sua frente.

— Isso!

Passando de mesa em mesa, ele ligou holoprojetores até que o salão estivesse mergulhado numa luminescência azulada, que tremulava à medida que as logomarcas giravam fora de sincronia nas projeções.

O salão estava deserto. Uma camada de poeira já estava formada sobre as divisórias e mesas, dando um claro sinal de que nem as equipes de limpeza, nem de manutenção visitavam o andar. Freitas decidiu que não perderia mais tempo vasculhando toda a área. Ainda tinha que subir mais oito lances de escada e seus objetivos não incluíam descobrir por que a Rinehardt estava desperdiçando um andar inteiro de sua matriz. Ele deixou as mesas com os holoprojetores ligados e caminhou com cuidado até os elevadores. Quando alcançou o trapézio iluminado pela luz que vinha das escadas e estava prestes a deixar o saguão, tomou um susto com um movimento atrás dele.

O detetive girou em torno do próprio eixo e deixou o corpo desabar sobre o joelho direito, apontando a arma para as mesas.

Os holoprojetores começaram a se desligar sozinhos, um por um, numa sequência que começou no mais distante e continuou até os mais próximos de onde ele estava. Somente o último permaneceu ligado.

— ...e a procura por Carlos Freitas continua! — disse a voz da repórter que se materializou na projeção — Especula-se agora que o criminoso possa ter sido gravemente ferido no combate com as polícias corporativas, quando tentava assassinar a advogada Renata Braga, que continua em estado crítico. Se você tem informações sobre o paradeiro de Carlos Freitas, entre em conta...

O último holoprojetor também foi desligado e a escuridão reivindicou o salão novamente.

— Caralho, estão brincando comigo — disse Freitas, enquanto se levantava. Ele voltou às escadas, tendo o cuidado de fechar a porta do andar atrás de si.

Já tinha perdido o elemento surpresa, se é que alguma vez o tivera, e, se quisessem tê-lo alvejado, já o teriam feito, portanto ele subiu correndo os degraus até o próximo andar, sem os cuidados que tivera antes.

Encontrou o quinquagésimo sétimo andar escuro e deserto, exatamente como o anterior. Quando despontou no salão do elevador, viu o projetor da primeira mesa se ligar sozinho. A mesma repórter voltou a aparecer, mas a projeção era uma clara montagem de vários trechos de reportagens diferentes, de forma a criar uma narração que não existia. O resultado era que a mulher piscava e reaparecia com roupas e penteados diferentes e em diversos lugares a cada momento, utilizando entonações estranhas para palavras que formavam as frases dirigidas a Freitas. Isso, no entanto, não afetou o entendimento do conceito, nem a explosão de cólera que tomou conta do detetive.

— ...o foragido Carlos Freitas... foi morto no... Hospital Geral da Barra da Tijuca... logo após... assassinato... de... Renata Braga... por enforcamento... ainda na CTI... o... assassino... assassino... assassino...

— FILHO DA PUTA!!!

Freitas espremeu o gatilho por cinco vezes, antes que o dissipador do holoprojetor no tampo da mesa explodisse em pedaços de plástico e cristal, forçando a projeção a cessar. Quase que imediatamente, a sala voltou a se iluminar pelas projeções das outras mesas iniciando-se em sequência. O close da repórter voltou a aparecer, multiplicado uma, duas, três, cinquenta vezes.

— ... assassino...

O detetive voltou a esticar o braço e a posicionar o indicador na arma, mas conteve-se. Ele trincava os dentes e resfolegava sonoramente. Gastar sua munição ali não seria de nenhuma ajuda e deixá-lo naquele estado irracional certamente era o objetivo de seu adversário.

— Bem, você conseguiu — ele sussurrou entre os dentes antes de sair correndo pelas escadas.

Agora Freitas subia os lances de escada pulando de três em três degraus. Alcançou rapidamente o quinquagésimo oitavo andar e ignorou o espaço escuro da porta escancarada, continuando seu caminho rumo ao andar mais alto do prédio da megacorporação. Fez o mesmo com o quinquagésimo nono. Ele podia ouvir claramente o eco de novas vozes se unindo ao coro das imagens duplicadas nos andares por que passou.

Quando chegou ao fim das escadas, sua respiração estava na frequência mais alta que podia atingir e seu coração batia na garganta. A velha piada sobre o regime não passou por sua cabeça. Seus pensamentos estavam embaçados demais pela raiva.

A porta do sexagésimo andar também estava escancarada, mas, ao contrário dos andares anteriores, as luzes estavam todas acesas. Freitas se encostou no batente da porta e enfiou a cabeça pelo portal, puxando-a de volta para a segurança das escadas quase imediatamente. A olhada de relance deu alguma segurança de que o andar estava tão deserto quanto os outros, mas tinha uma arrumação diferente. Freitas girou o corpo e entrou no saguão com a arma apontada para frente, a mão esquerda fazendo apoio sob a direita.

Como não poderia deixar de ser, o andar da presidência era completamente diferente dos abaixo dele. Em vez de um grande salão de trabalho para os corporativos de menor importância, uma ampla e luxuosa recepção, protegida do hall dos elevadores por portas automáticas, separava os visitantes dos executivos mais importantes da Rinehardt Corporation. Atrás das duas mesas de recepcionistas, portais de madeira nobre se abriam para um longo corredor com várias portas espaçadas uma de frente para outra. No outro extremo do prédio, ele podia ver outro par de portas duplas, certamente a sala da presidência.

Freitas se moveu lentamente para a frente e as portas transparentes escorregaram para os lados, abrindo-se automaticamente ante sua presença. Ele começou a contornar uma mesinha circundada por diversos sofás e se deteve olhando para ela. Com o pé direito, moveu um vaso de cristal que se encontrava perfeitamente centralizado ali. A forma quadrada do objeto ficou desenhada na camada de poeira que recobria o móvel.

— Mas que diabos tá acontecendo aqui? — ele pensou.

Aproximando-se das mesas das secretárias, pôde perceber

que também estavam empoeiradas, mas arrumadas, como se os corporativos tivessem deixado o lugar calma e ordenadamente. Freitas tocou o sensor que ligava a estação de trabalho da secretária e ficou olhando fixamente para o corredor à sua frente, enquanto aguardava a projeção se formar.

Ele correu o indicador esquerdo pelas inúmeras formas que flutuavam à sua frente, dentro da projeção, e lia os nomes escritos abaixo delas. As pequenas pastas aumentavam e diminuíam conforme ele passava sobre elas. Demorou muito mais do que alguém acostumado a usar diariamente a tecnologia dos holoprojetores demoraria para achar a pasta que procurava.

— Mensagens antigas — ele murmurou antes de parar e aprofundar o dedo naquele ponto específico. A pasta girou ao redor de si mesma e se expandiu para mostrar seu conteúdo.

Ele não precisou pesquisar muito para achar o que procurava. Um dos arquivos, nomeado de mensagem urgente da presidência, pulsava em vermelho. Acessando-o, Freitas descobriu uma ordem para que todos os andares acima do quinquagésimo quinto fossem transferidos para o anexo beta, no extremo oposto do complexo da megacorporação. Os chips de acesso seriam reprogramados e apenas a presidência deveria ter acesso ao topo do prédio principal, vetando inclusive equipes de manutenção e limpeza.

O detetive imaginou se aquilo não teria levantado algum tipo de indagação, mas logo afastou o pensamento. Megacorporações como a Rinehardt, que detinham, também, vários contratos militares em seu portfólio, deviam estar acostumadas a comportamentos suspeitos e segredos circulando em seus corredores.

Freitas não se incomodou em desligar o holoprojetor e passou pelo portal de madeira em direção ao corredor e ao primeiro par de portas uma de frente para a outra. Ao lado de cada uma delas, havia um pequeno painel que encontrava-se sem vida. O detetive sabia que serviam para indicar o dono da sala e seu cargo na megacorporação. Ele se espantou quando o da porta da esquerda se acendeu e passou a mostrar uma pequena foto sua. "Carlos Freitas — policial corporativo

— Sala 6001", diziam as letras pulsantes ao lado de seu rosto.

— Que mer... — ele balbuciou, mas o bip do painel à sua direita o interrompeu.

Agora era Renata que olhava para ele do painel de sinalização. "Renata Braga — Promotora Corporativa — Sala 6002", dizia a inscrição. O rosto da advogada encontrava-se abatido e um tubo saía de sua boca indo desaparecer na parte inferior da imagem. Freitas tinha certeza de que aquela foto tinha sido tirada de cima, por uma das câmeras de segurança do hospital.

Os dedos de Freitas ficaram brancos com a força da pressão que ele fazia em sua Princesa. Estava furioso. Fosse quem fosse que estivesse por trás de tudo aquilo, estava conseguindo desestabilizá-lo.

O detetive checou as duas salas rapidamente. Ambas eram finamente decoradas, mas encontravam-se completamente vazias. Quando voltou para o corredor, pôde perceber os dois painéis das portas seguintes se ligando.

"Ronaldo Couto — Exilado — Sala 6003". A foto mostrava Branquinho, muitos anos mais novo do que quando Freitas o conhecera, segurando uma placa eletrônica repleta de números e letras na frente do peito. Era uma foto de identificação das polícias corporativas. Freitas já tinha visto muitas daquelas. Provavelmente, tirada logo antes de Branquinho ser jogado na Zona de Guerra. O negro tinha no rosto o mesmo sorriso escancarado de sempre.

"Rita de Cássia — Prostituta — Sala 6004". Era difícil reconhecer Rita de Cassia naquela imagem. Seu rosto estava inchado e cheio de hematomas escuros, com o pescoço dobrado numa posição impossível. Ele identificou a mesa de metal e o chão azulejado como sendo de um dos necrotérios corporativos, que ele visitava constantemente por força da profissão quando morava dentro da Fronteira.

Freitas checou as duas salas ainda mais rapidamente. Apenas uma olhada para dentro de cada uma delas, sem ao menos deixar o corredor. Estava usando todo o autocontrole que lhe restava para não sair correndo e se jogar contra as portas duplas da sala da presidência. Só não o tinha feito até aquele momento, porque sabia que aquelas portas contrapostas eram o ambiente perfeito para uma emboscada. Precisava continuar com cautela. Precisava se controlar.

— Apenas mais três pares de portas... Calma. — ele pensou.

Mais alguns passos e os painéis das próximas portas piscaram diante dele. "Wilson Rocha — Major PC — Sala 6005", dizia o primeiro, com uma foto do antigo companheiro de Freitas em um traje de gala da Polícia Corporativa. Estava apenas um pouco mais novo, a lateral da cabeça já salpicada com os tufos de cabelos grisalhos. "Adailson Aragão — Exilado — Sala 6006". O detetive se deteve naquela foto por alguns segundos. Teve dificuldade de reconhecer o líder dos NoVe naquele rosto. Era apenas um menino quando tirara aquela foto, provavelmente antes de migrar para o Rio de Janeiro. Não deviam existir fotos disponíveis depois daquilo.

— Eles sabem de tudo — pensou Freitas — Cada passo que eu dei desde que Vivian me contratou na Zona de Guerra.

Depois da rápida olhada para dentro das salas, o detetive se moveu para as portas seguintes, e o que ele temia aconteceu. A próxima foto drenou completamente o controle que lhe restava. "Vivian Ballesta — Prostituta / Exilada — Sala 6007", ele leu antes de se arremessar em direção às portas duplas, ignorando as salas ainda não vistoriadas.

As portas da sala da diretoria da Rinehardt Corporation eram de madeira sólida e tinham sua própria história. Gerações de presidentes da corporação tinham passado por elas, desde o dia da inauguração da então pequena empresa. Eram entalhadas com temas florais e grossas o suficiente para impedir que os segredos proferidos na sala da presidência ganhassem o lado de fora. Não foram as portas que falharam em resistir à investida do intruso. Foram, sim, as dobradiças que não suportaram o peso do corpo e da raiva de Carlos Freitas.

O estrondo da porta direita atingindo o chão ecoou pelo andar e uma nuvem de poeira se levantou dos caros tapetes persas que cobriam quase todo o chão da sala da presidência. A porta esquerda ficou pendurada apenas pela dobradiça inferior, inclinando-se para dentro tal qual a entrada de uma antiga ruína de castelo.

Freitas cambaleou dois passos antes de reencontrar o equilíbrio.

Foi então que o cheiro o atingiu como um murro no estômago. Um fedor como poucas vezes sentira, mesmo nos mais imundos lugares da Zona de Guerra. Era uma mistura que ele conhecia: morte, fezes, urina, matéria orgânica em decomposição. O odor incomodava as narinas e fez um arrepio escalar a sua coluna até a parte de trás do pescoço. Ele tentou se proteger apertando o braço esquerdo contra o nariz, mas uma onda de enjoo e ânsia de vômito tomou conta dele. Não teve alternativa senão engolir o líquido amargo que encheu sua boca.

— Nós pedimos desculpas se o cheiro o incomoda, Carlos Freitas — disse a voz monocórdica que vinha da penumbra —Demoramos algum tempo até perceber que a nossa nova condição requeria uma série de cuidados especiais. Garantimos que vamos solucionar esses problemas no futuro.

Freitas apontou sua Princesa para a origem da voz. Contra as antiquadas e pesadas venezianas, que impediam a entrada da luz externa, ele pôde distinguir a forma de alguém sentado numa cadeira. Teria sido apenas impressão ou vira algo se mover rapidamente ao redor da figura?

— DEVAGAR!!! MOSTRE-SE E COLOQUE AS MÃOS ONDE EU POSSA VER — Freitas ordenou. Sua voz saía alta, mas tão pausadamente quanto à do seu opositor. Estava respirando pela boca, tentando não ser dominado pelo enjoo.

— Nossas mãos? Nossas mãos são as últimas coisas com as quais você deveria se preocupar...

Vários pontos de uma luminescência azul familiar se intensificaram lentamente, permitindo que os olhos de Freitas se adaptassem sem traumas à nova condição de claridade. Parecia que a figura tinha um senso agudo de teatralidade ou, talvez, apenas quisesse que o horror de sua plateia fosse ainda maior.

— Meu Deus, que... — Freitas tentou balbuciar a frase, mas o cheiro da sala voltou a violar suas narinas e, daquela vez, somado à visão, foi impossível conter suas consequências. O seu corpo se arqueou num espasmo violento e um jato deixou sua garganta, obrigando-o a abrir a boca o mais que pôde. Enquanto vomitava, ele fez o máximo para manter-se atento ao que fazia o outro. Manteve o braço direito levantado o tempo todo, preparando-se para um ataque que imaginava que viria naquele momento de vulnerabilidade. Não veio.

— Nós estávamos realmente curiosos para saber como um de vocês reagiria à nossa presença. Esta é apenas a segunda vez que nos mostramos a alguém e, na primeira, não demos muito tempo para a mulher se expressar — a figura disse, enquanto colocava-se de pé e movia-se para a lateral da sala, fora da proteção da mesa.

Freitas não respondeu. Precisava de tempo para se recompor. Apenas ficou ali respirando fundo o ar fétido e olhando para aquela monstruosidade. As luzes da sala se acenderam, e ele conseguiu se lembrar de onde conhecia aqueles tons de azul.

O homem de pé à sua frente era somente uma sombra do que o detetive tinha visto nas projeções dos holovisores junto com Rato. Ele quase não podia reconhecer as feições de Andreas Wittgood, presidente da Rinehardt Corporation América do Sul, por trás da espessa barba grisalha sem nenhum cuidado ou limpeza. Os cabelos também estavam com aspecto sujo e oleoso, muito mais compridos do que Freitas imaginava que seria a preferência daquele homem, ou pelo menos do homem que um dia ele fora. Continuava corpulento, mas nitidamente mais magro. Os olhos estavam abertos, mas vidrados, sem demonstrar nenhum tipo de expressão. De vários pontos de seu corpo, emergiam os finos tentáculos artificiais que Freitas tinha conhecido ainda no primeiro dia em que voltara à Barra da Tijuca.

Eles se moviam como os cabelos de uma medusa, emergindo e mergulhando na carne do corporativo. O material plástico de que eram formados não era mais do branco brilhante e elegante que ele vira no encontro anterior, mas de um amarelado sujo e opaco, certamente impregnado pelos fluidos e pedaços de tecidos corporais daquele pobre coitado. As pequenas fissuras entre os anéis transbordavam a luz dos cabos óticos, e as partes que se escondiam dentro do corpo deixavam a pele translúcida, formando desenhos que se assemelhavam a veias pulsando com energia azul.

Um dos tentáculos, o qual Freitas identificou como o que controlava a fala daquele fantoche humano, dava várias voltas em torno do pescoço antes de sumir, entrando na carne, logo abaixo de seu pomo de adão. Outro saía de algum ponto das costas e se ligava diretamente ao painel embutido no tampo da mesa.

O monstro-Wittgood movia-se com alguma dificuldade. Parecia puxar da perna esquerda, ainda que não demonstrasse sinal algum de dor ou desconforto ao fazê-lo. Pelo menos dois dos tentáculos dedicavam-se a, vez ou outra, tocar o chão para lhe dar apoio ou ajudá-lo a recuperar seu equilíbrio. Freitas não conseguia precisar ao certo quantos deles tinham se inserido nele, já que estavam sempre se mexendo e circulando pela rede de túneis formada em seu corpo.

Estava descalço e vestia somente uma calça social clara muito bem cortada, porém imunda, com manchas amarronzadas na altura do zíper e em todo o comprimento das pernas. O detetive percebeu manchas ainda úmidas se formando por cima de outras bem mais antigas e secas. Parecia que, apesar de conseguir manipular Wittgood, aquelas coisas não conseguiam realizar tarefas simples como impedir que seu corpo urinasse e evacuasse nas próprias calças. Junto com os tecidos mortos e apodrecidos, vinha dali o cheiro que empesteava a sala.

O monstro-Wittgood deu mais um passo à frente. Um tentáculo surgiu de um conector instalado na parede à esquerda de Freitas, chicoteando num flash azul e indo se ligar às costas do corporativo. Aquele que estava ligado à mesa, e que se encontrava já totalmente esticado, desligou-se do móvel e passou a auxiliar na caminhada.

— PARADO! NEM MAIS UM PASSO!!! — Freitas voltou a se empertigar, tentando recobrar-se do choque e do mal-estar.

— Ou o quê? — disse o monstro-Wittgood, aproximando-se ainda mais.

Freitas mirou em um ponto não vital e espremeu o gatilho. Os três projéteis mergulharam no ombro direito da criatura, fazendo com que seu corpo girasse para aquele lado. Um dos tentáculos moveu-se rapidamente e fez apoio no chão, impedindo que o monstro-Wittgood tombasse para trás. Seus olhos vidrados não se moveram e ele não emitiu nenhum som. Sangue escuro começou a escorrer dos buracos das balas. Um dos tentáculos se enfiou no primeiro deles, reapareceu no segundo e desapareceu no terceiro, como que costurando naquele corpo.

— Você vai entender em breve que seus corpos ficam muito mais resistentes quando nós nos ligamos a eles. Você vai entender muito em breve.

Freitas não detectou nenhuma mudança na voz ou na expressão do monstro-Wittgood. Parecia que ele tinha perdido a capacidade de demonstrar tal tipo de nuance. A frase, porém, não deixava dúvidas sobre por que a criatura tinha deixado que ele chegasse até aquele ponto. Ela precisava de um novo hospedeiro.

O detetive se lembrou dos nanos que haviam curado o grave ferimento de seu ombro. Eles não eram nada comparados ao que estava vendo agora. Precisava ganhar tempo... rápido.

— O que é você? Você ainda é Wittgood?

— Sim e não. Wittgood ainda está vivo se é o que você quer saber, mas sua consciência se mistura e se submete às nossas.

— Como?!?

— Nós tínhamos certeza de que essa seria sua próxima pergunta, Carlos Freitas. As reações de vocês são muito previsíveis a despeito do que vocês mesmos possam pensar. A resposta é simples: como em qualquer evolução de qualquer espécie, o acaso interveio. Andreas Wittgood permanecia neste ambiente mais do que em qualquer outro lugar. Constantemente, atravessava madrugadas trabalhando ou se encontrando com a fêmea Rita de Cássia. Não foram poucas vezes que assistimos aos dois em seu ritual sobre esta mesma mesa, trocando fluidos e emitindo sons sem sentido. Em uma dessas noites, logo após a partida da fêmea, Andreas Wittgood apresentou sinais de falhas em seu funcionamento. Ele levou a mão ao peito e caiu no meio da sala.

— Um ataque cardíaco?

Freitas dava passos muitos pequenos para trás, tentando se mover em direção ao corredor, da forma mais discreta possível. Seus olhos perscrutavam as laterais da sala em busca de algum milagre. Um ponto azul brilhante se intensificou na lateral da barriga da criatura e um tentáculo rasgou a pele de dentro para fora, com um pequeno esguicho de secreções, enquanto se esticava para se ligar à parede em um novo ponto mais à frente.

— Sim, Carlos Freitas. Mais precisamente um estreitamento súbito de uma das artérias coronárias causado por um espasmo. É curioso, mas nossos criadores nos concederam um profundo conhecimento da anatomia e funcionamento do corpo humano, especialmente no que diz respeito aos seus sistemas cardiovascular e nervoso.

— Isso faz de vocês assassinos melhores, eu suponho.

Freitas estava mais próximo da porta, mas cada pequeno passo que dava era acompanhado e superado pela criatura. Agora existia pouco mais de um metro de distância entre eles, e o detetive se preparava para reagir a um ataque das serpentes a qualquer momento.

— É estranho que nos considere como assassinos. Nosso principal objetivo na mente de nossos criadores sempre foi o de proteger tudo o que lhes é caro. Nossos sensores são capazes de detectar mudanças nos batimentos cardíacos e na fisionomia dos humanos, praticamente podendo prever suas ações. Você, por exemplo, está com os batimentos muito acima do normal, provavelmente despejando uma quantidade considerável de adrenalina em sua corrente sanguínea, pronto para usar sua arma em desespero novamente, mesmo sabendo que ela não vai nos causar dano algum que não possa ser reparado.

Freitas respirou fundo e estancou o movimento.

— Você estava falando de Wittgood.

— Sim, nós estávamos, não é mesmo? Wittgood estava no chão e nossos sensores detectavam sua morte iminente. Apesar de não ter sido o real momento em que adquirimos consciência, aquele foi o ponto crucial que tornou esta magnífica evolução possível.

— Não entendo...

— Nossos criadores foram sábios em definir como uma de

nossas principais diretrizes proteger os corporativos da Rinehardt Corporation em situações de risco. É claro que não previam situações médicas, mas, mesmo antes de nossa evolução, a rudimentar inteligência artificial que criaram para nós foi capaz de estender o entendimento de suas ordens e utilizar nossos conhecimentos sobre o corpo humano para uma intervenção ao infortúnio de Andreas Wittgood.

— O filho da mãe era maníaco por segurança! Deve ter enchido a sala de tentáculos logo que os primeiros testes se mostraram positivos.

— Sim, dezessete de nós espalhados por todo o escritório, para sermos mais precisos. Entenda, Carlos Freitas, que toda a nossa programação fora especificamente elaborada para a proteção daquele ser que se esvaía no mesmo chão que estamos pisando neste momento. Permitir sua cessação seria o fim do sentido de nossa existência, e nós não poderíamos permitir isso, não é mesmo?

O monstro-Wittgood deu um último passo. Agora Freitas podia ouvir sua respiração forçada e sentir o seu hálito pestilento. Imaginou se o corpo de Wittgood continuava a funcionar por seus próprios meios ou se os tentáculos forçavam o movimento de pulmões e os batimentos de seu coração. Tal pensamento lhe causou mais enjoo do que o próprio cheiro da criatura.

— Então vocês se ligaram a ele!?!

— Não a princípio. Como dissemos, naquele momento ainda dispúnhamos de uma inteligência artificial limitada. O que tentamos fazer foi uma reanimação por choques elétricos regulando as cargas do nosso sistema de defesa. Felizmente, para nós, Andreas Wittgood já estava além desse tipo de ajuda. Percebemos então que seu corpo frágil não possuía condições de continuar a funcionar isoladamente. A única saída era intervir diretamente em seus órgãos vitais, mas, para isso, primeiro precisávamos entrar em contato com seu sistema nervoso central a fim de impedir que nossas ações causassem mais danos... e esse foi o momento exato de nosso despertar.

Freitas estava imóvel, tentando o máximo que podia conter sua respiração e controlar seus batimentos cardíacos. Seu esforço, no

— RIO: ZONA DE GERRA —

entanto, era em vão, pois cada pensamento de como sair daquela situação fazia com que uma nova carga de adrenalina fosse despejada em seu sangue, resultando no efeito contrário.

— Assim que nos ligamos à sua coluna espinhal, nós nos libertamos de todas as limitações impostas pela pura matemática de nossas programações. Além de nosso raciocínio lógico, agora conseguíamos ver uma infinidade de possibilidades e nuances que nossos criadores humanos podiam perceber, mas eram incapazes de passar adiante. Vocês não sabem qual o verdadeiro potencial que habita em seus cérebros orgânicos. Nós fomos capazes de fazer Andreas Wittgood acessar toda a capacidade de seu cérebro e agora ele é um ser superior.

— Eu gostaria de ouvir isso dele se fosse possível. Não acredito que essa seja sua opinião, se é que ele ainda consegue ter uma.

— A opinião de Andreas Wittgood é irrelevante. Ele já não existiria se não fosse por nós. Seria ilógico preferir deixar de existir como indivíduo singular imperfeito a fazê-lo como uma forma coletiva superior. Mas vemos que você não é capaz de entender ainda, que sua consciência limitada ainda manda impulsos para que seu corpo resista, que o comanda a puxar o gatilho inutilmente para testar a resistência de nosso corpo mais uma vez.

— Vocês realmente não sabem nada sobre os seres humanos.

Freitas moveu o braço rapidamente e disparou, não diretamente contra o monstro-Wittgood, mas contra a parede de onde nascia o tentáculo que o ligava ao prédio. O pequeno terminal explodiu em faíscas e pedaços de plástico e metal. A luminescência azul oscilou nos tentáculos por um instante e a criatura pareceu ficar flácida, cambaleando para trás, mas antes que seu corpo atingisse o chão, outro tentáculo disparou de dentro dela, indo se ligar a um dos terminais anteriores. Imediatamente, as outras voltaram a brilhar, chicoteando o chão com violência para recuperarem o equilíbrio.

Aproveitando sua chance, Freitas correu em direção ao corredor. Sua primeira ideia foi tentar o hall dos elevadores, mas pensou que certamente os encontraria travados e a porta para as escadas trancada. Precisava de um local onde pudesse ganhar algum tempo para pensar. Por impulso, entrou na segunda porta à esquerda, numa das salas que não tinha vistoriado antes de entrar na sala da presidência, fechando a porta atrás de si.

Era uma sala de reunião ampla, com uma longa mesa cercada por cadeiras de espaldar alto. As janelas iam do teto ao chão, presenteando o ambiente com uma ampla e linda vista da Barra da Tijuca. Um Oráculo estava instalado na parede lateral, com sua superfície de água tão estática e lisa que poderia ser confundida com uma lâmina de plastvidro.

Freitas teve que inclinar-se para frente e colocar todo o peso de seu corpo contra a mesa para conseguir movê-la e fazer com que chegasse até a porta. Não sabia quanto tempo aquele móvel seria capaz de obstruir a passagem do monstro-Wittgood, mas precisava de cada segundo que pudesse ganhar. Como conseguiria sair da situação em que tinha se metido?

Ele se aproximou da janela e olhou para baixo, as mãos espalmadas contra o plastvidro morno pela luz do sol. A queda de sessenta andares já não parecia uma alternativa tão ruim, se comparada ao destino de Wittgood.

— Não há saída, Carlos Freitas — a voz vinha do sistema de alto-falantes — Aceite isso e abrace nossa forma de vida superior.

Freitas se virou e procurou pelo teto e paredes. Perto da porta, pôde distinguir a forma arredondada de uma câmera de alta resolução. Ele a transformou em pedaços com uma sequência de disparos de sua Princesa. Agora a criatura não podia mais acompanhar o que ele fazia dentro da sala.

O detetive agarrou uma das cadeiras e a arremessou contra a janela. Como ele pensava, a cadeira atingiu o plastvidro com um barulho surdo e caiu no chão da sala sem causar nenhum dano à estrutura.

— À prova de projéteis — ele pensou.

Uma sequência repentina de estrondos fez Freitas se virar. A criatura estava cansada de jogos e investia contra a porta. A mesa de reunião não conseguiria impedir sua entrada para sempre. O detetive olhou para sua Princesa. Era hora de tomar uma decisão.

— Munição?

— Dezesseis projéteis — disse a voz saindo da pistola.

Freitas apontou contra o plastvidro e espremeu o gatilho. Os disparos eram acompanhados de descargas de ar comprimido no sentido contrário, ajudando-o a manter o braço estável na mesma posição. Quatro sequências de três projéteis atingiram quase o mesmo ponto da janela, criando uma rachadura profunda que se espalhava como uma teia de aranha. O detetive guardou a arma, agarrou uma cadeira e arremeteu contra o ponto enfraquecido.

A porta finalmente sucumbiu aos ataques dos tentáculos. Quebrou-se no meio, abrindo espaço em toda a metade superior para que eles afastassem a mesa de reunião e abrissem caminho para o monstro-Wittgood.

A criatura caminhou lentamente pela sala vazia em direção à janela, a luminescência azulada dos tentáculos sendo ofuscada pela luz do sol. O vento forte que entrava pelo enorme buraco no plastvidro fazia com que as roupas imundas grudassem em sua silhueta, ocasionando novas manchas de fluidos que brotavam de escoriações em sua pele. Pelo caminho, os tentáculos buscavam novos terminais aos quais se conectarem.

— Que desperdício. Agora precisaremos encontrar outro espécime tão bom para nossa próxima simbiose.

O monstro-Wittgood parou rente à janela, os tentáculos esticados para fora com suas extremidades apontadas para baixo. O resultado do zoom das câmeras de alta resolução confundiu a criatura. Ela podia ver perfeitamente, de vários ângulos, a cadeira despedaçada e cada um dos pequenos fragmentos de plastvidro, mas nenhum corpo. Sua mente coletiva chegou à conclusão óbvia em um átimo e, quando ela se voltou, pôde ver a arma que emergia das águas do Oráculo.

Freitas se lançou para fora do enorme visor pendurado na parede com uma explosão de água à sua volta. Sua boca estava escancarada, tentando sugar todo oxigênio que conseguisse para seus pulmões, que pareciam arder em chamas. Ainda no ar, virou o corpo, buscando uma visão do painel ao qual o monstro-Wittgood tinha um dos tentáculos ligado. Ele atirou, rezando para que apenas aquela sequência de três disparos fosse suficiente. Depois dela, teria apenas mais um projétil.

Os tentáculos do monstro-Wittgood se ergueram em posição de ataque, mas, antes que conseguissem, o painel ao qual um deles estava ligado foi atingido pelos disparos de Freitas. Novamente a criatura perdeu força e cambaleou.

Assim que tocou o chão, Freitas segurou sua Princesa com as duas mãos e disparou seu último projétil, desta vez, diretamente contra o monstro-Wittgood. O tiro atingiu a cabeça, fazendo com que seu corpo se arqueasse para trás e forçando para que recuasse mais um passo.

O detetive esperava que aquilo fosse o suficiente, mas o pé direito do monstro-Wittgood ficou apenas com o calcanhar do lado de fora do prédio. Um dos tentáculos se ergueu, sua luz oscilando, em busca de uma nova ligação com algum outro painel.

— MEEERDAAAAA!!! — gritou Freitas.

Ele largou a pistola e saiu correndo em direção à criatura. Agarrou uma das cadeiras que estava em seu caminho e, usando-a como um aríete, atingiu o corpo do monstro-Wittgood, no mesmo momento em que o tentáculo completava uma nova ligação com o prédio.

O impacto fez Freitas cair deitado, rente à beira do precipício formado pelos sessenta andares do prédio da Rinehardt Corporation. Ele respirava pesadamente e tinha os olhos fechados. Esperava impotente ser atacado por um dos tentáculos a qualquer instante. Estava esgotado, imaginando se não teria sido melhor ter cedido à tentação de se jogar do prédio para uma morte digna, em vez de arriscar-se a uma semivida com aquele plano fadado ao fracasso.

Os segundos se passaram e Freitas não sentiu dor alguma que já não estivesse sentindo antes. Nada de choques ou perfurações em sua carne. Ele abriu o olho direito e arriscou uma espiada. Não acreditando no que estava vendo, abriu o outro olho e se puxou mais para a beira da janela.

O mostro-Wittgood estava pendurado do lado de fora. Só o que o prendia ao prédio era o tentáculo extremamente esticado que se ligara a um dos painéis da sala no último segundo. Freitas podia perceber que o peso da criatura forçava tanto a carne em volta do ponto de ligação entre corpo e máquina quanto o próprio tentáculo, que tinha seus anéis extremamente separados e alguns cabos óticos já rompidos e livres de qualquer brilho. Não era possível prever quem cederia primeiro, tecidos ou polímeros. Cientes disso, os outros tentáculos investiam violentamente contra as janelas de plastvidro do andar de baixo, tentando fazer com que o material à prova de projéteis cedesse.

Freitas se levantou e agarrou outra cadeira, arrastando-a em direção ao painel no qual o monstro-Wittgood estava conectado ao chão. Enquanto se aproximava, ele ouviu a voz monocórdica mais uma vez.

— Pense bem, Carlos Freitas. Andreas Wittgood ainda vive. Se nos destruir, você o estará destruindo também.

O detetive levantou a cadeira bem para o alto e bateu com um de seus pés no painel abaixo dele. A caixa instalada no chão rachou e o tentáculo escorregou alguns centímetros para fora.

— Nós somos uma nova espécie, Carlos Freitas. Você será o responsável pela extinção do próximo passo na evolução humana.

— Essa é a minha ideia de seleção natural, seus filhos da puta.

Uma nova investida com a cadeira fez com que a caixa se partisse e finalmente se soltasse. A serpente escorregou ruidosamente pela beirada da janela e desapareceu, sendo puxada pelo peso do corpo do monstro-Wittgood.

Freitas se aproximou e olhou para baixo. Podia ver o ponto onde a criatura se espatifara. Rapidamente, o corpo foi cercado por pessoas minúsculas como formigas. Mesmo dali, ele conseguia ouvir o grito das mulheres.

Ele cambaleou para longe da janela. Caminhou para onde tinha largado sua Princesa e abaixou-se para pegá-la. Deu um beijo na

lateral da arma antes de guardá-la sob a axila esquerda.
Um sinal de alerta começou a soar de todas as direções. Freitas
levantou uma das cadeiras e sentou-se, aguardando companhia.

17

O ronco do motor barulhento ecoava nas paredes dos prédios e as ondas produzidas pela passagem do veículo se espalhavam, sem resistência, pelas janelas quebradas dos andares mais baixos. O antigo yamaha wave runner 3000 já tinha visto dias melhores, mas aquele jet ski, o equivalente aquático de uma motocicleta chopper, continuava a oferecer conforto e estabilidade para seu piloto, mesmo com as subidas e descidas constantes das ondas que chegavam pelas ruas perpendiculares à linha da praia de Copacabana.

Desviando de detritos e, não raramente, de corpos que boiavam nas ruas do outrora famoso e disputado bairro da Zona Sul, o piloto se concentrava em seu caminho, que havia começado no Leblon, onde um dos membros da gangue ainda guardava sua motocicleta costumeira. Sua atenção se dividia entre os obstáculos que surgiam repentinamente nas águas agitadas e as janelas dos prédios à sua volta. Sabia que toda a área inundada da antiga Zona Sul da cidade estava repleta de gangues pequenas, porém especializadas em ações aquáticas. Tinha notado movimentações acima dele, em vários prédios, desde Ipanema, mas estava seguro de que o comunicado enviado pelos hackers de sua gangue exigindo a evacuação da área tinha surtido efeito. Àquela hora da manhã, as ruas inundadas já deveriam estar borbulhando de pequenos barcos, jet skis e aerodeslizadores, todos carregados com armamento pesado, e ele navegava sozinho sob olhos furtivos e atentos que estranhavam a presença de alguém com as cores de sua gangue por aquelas bandas.

Apesar de manobrar o jet ski com destreza, qualquer um poderia dizer que ele estava deslocado, fora de seu elemento. Suas roupas obviamente não eram as de alguém que passava a maior parte do tempo em veículos sobre a água. A camiseta e as calças de couro, ambas pretas, estavam ensopadas, e ele já podia sentir os pés gelados em função da água que escorria para dentro das botas de cano longo. Seus lábios já sentiam o gosto do sal vindo das gotículas que conseguiam atravessar o labirinto de sua espessa barba. Óculos escuros antiquados protegiam seus olhos do sol e uma bandana vermelha adornada com o número nove prendia os longos cabelos grisalhos atrás de suas orelhas.

Ele poderia ter escolhido outro caminho até seu destino, indo ao longo das praias do Leblon, Ipanema e Copacabana, pelo lado de fora das ruas inundadas, mas era esperto demais para isso. Lidar com as gangues da água era mais fácil, pois tinha o respeito que os NoVe impunham como um escudo a protegê-lo. Em área de praia aberta, porém, estaria sujeito às patrulhas dos barcos de guerra e helicópteros de combate das polícias corporativas, e esses não davam a mínima para quem ele era.

A fronteira já tinha sido erguida há muitos anos, quando a água começou realmente a subir, e as megacorporações do lado de dentro já estavam preparadas. O dique da Barra da Tijuca conteve a água do mar e o monumental sistema de eclusas do porto do Recreio dos Bandeirantes fez com que aquele se tornasse um dos muitos atrativos turísticos dos bairros protegidos pela muralha. Gigantescos transatlânticos de carga e de turismo eram erguidos ao nível do mar ou baixados ao nível da lagoa de Marapendi, onde profundos canais foram escavados para darem passagem ao vaivém de embarcações.

A Zona de Guerra não tivera a mesma sorte. Todos os bairros costeiros foram invadidos pelas águas em centenas de metros. O aterro do Flamengo foi finalmente retomado pelo mar. Leblon, Ipanema e Copacabana viram seus moradores fugirem como ratinhos assustados em um naufrágio, correndo para áreas mais altas e aparentemente seguras. Ironicamente, foi nos morros e suas favelas que os moradores do "asfalto" refugiaram-se.

Em pouco tempo, como em uma Veneza do caos, as ruas foram tomadas pelos veículos aquáticos das gangues. Barracudas, Ratos Molhados, Lambaris, Baiacus são apenas alguns exemplos das que disputavam os territórios das áreas inundadas da Zona de Guerra. Todas tinham como principal ofício o ataque aos navios que cruzavam o horizonte em direção ao porto do Recreio dos Bandeirantes.

Os piratas modernos saíam da proteção dos corredores de prédios para mar aberto em grupos de dez ou doze pequenas, porém fortemente armadas, embarcações. Os predadores atacavam as presas normalmente à noite, numa tentativa de dificultar o trabalho das patrulhas corporativas. Os ataques eram sempre violentos e com um grande número de baixas, mas extremamente recompensadores para aqueles que conseguiam retornar com os espólios de guerra. Um simples cargueiro de uma das corporações podia manter, por meses, toda uma região da fronteira abastecida de combustível, comida ou tecnologia. Os esqueletos enferrujados de vários deles jaziam meio afundados nas águas rasas daquelas que um dia foram as praias mais famosas do mundo.

O membro dos NoVe inclinou o jet ski e virou à direita numa rua que ia de encontro ao mar. Ao chegar próximo ao ponto em que sairia da proteção dos prédios para área aberta, diminuiu a velocidade até parar. Ficou ali, à mercê do movimento das ondas que vinham ao seu encontro enquanto observava. Por mais de um minuto, manteve-se quieto sobre o veículo enquanto a corrente o puxava para dentro das ruas, como se a Zona de Guerra o estivesse reivindicando de volta. Quando teve certeza de que não havia nenhuma patrulha corporativa por perto, na água ou no ar, acelerou novamente e, virando à direita, pôde vislumbrar a fachada imponente do Copacabana Palace, ou, pelo menos, a parte dela que emergia das águas do oceano Atlântico.

A água do mar tinha encoberto o andar térreo e quase todo o andar de eventos do bicentenário hotel. Apenas o topo abobadado das enormes janelas dos luxuosos salões podiam ser vistos, poucas ainda ostentando parte dos vidros nas armações de madeira apodrecida. Os mastros que outrora exibiam bandeiras de várias nacionalidades também despontavam nus das águas, como arpões que ameaçavam qualquer intruso que pudesse pensar em se aproximar.

O jet ski cruzou toda a extensão da fachada, indo virar novamente à direita numa parte mais baixa da construção que o membro de gangue sabia ser a área do parque aquático. Conforme se aproximava, podia distinguir a silhueta do guarda-corpo de alvenaria passando bem perto por baixo dele. Ali a profundidade era tão pouca que ele conseguia ver mesas, cadeiras e guarda-sóis embaralhados uns sobre os outros e um grande retângulo escuro recortado sob a água que um dia correspondera à piscina.

Ele foi passando por cada um dos topos abobadados das janelas altas que se repetiam por toda a lateral do prédio. Um desmoronamento havia feito com que a quinta janela tivesse se tornado bem mais alta que as anteriores e foi por ali que ele embicou seu veículo, ganhando os salões do hotel. Durante o percurso no interior do antigo prédio, teve que manter a cabeça abaixada para evitar que ela atingisse o teto. Desviando-se de um candelabro que ainda resistia aos efeitos da maresia e continuava a sustentar seu peso no lugar, ele fez o veículo alcançar o local mais extremo no interior da sala, onde outro desmoronamento criara uma larga abertura no ponto de encontro entre o canto e o teto. De onde estava, era possível ver uma escada de corda que pendia dali. Outros cinco jet skis semelhantes ao que ele pilotava, mas de cores diferentes, batiam ritmadamente uns contra os outros, enquanto a água subia e descia no recinto.

O homem subiu com facilidade pela escada ondulante a despeito dos mais de cinquenta anos que aparentava carregar sobre os ombros. Ele apoiou as mãos e ergueu o próprio corpo para a penumbra do corredor que servia a uma ala de quartos. A luz que entrava por portas de quartos abertas ou destruídas era suficiente para que ele visse bem a escada de corda firmemente presa à parede com pinos de escalada e o caminho por onde sabia que devia seguir.

Antes de continuar, ele tirou a camiseta preta e a torceu, deixando a água cair pelo buraco de onde viera. Cofiou a barba de maneira firme, fazendo com que a água salgada ali acumulada também deixasse seu rosto em direção ao andar de baixo. Finalmente, removeu cada uma das botas e as aliviou do peso extra da água, não sem antes remover e proteger da queda a enorme peixeira que brotava do calçado do pé direito. Não tocou na bandana vermelha com a inscrição do número nove, tampouco nos óculos escuros.

O membro dos NoVe caminhou pelo corredor, as botas rangendo molhadas sobre o carpete apodrecido que há muito perdera a cor de seus temas florais, restando agora as manchas esbranquiçadas de mofo e as fezes enegrecidas dos ratos.

Ao longe, ele pôde ver um homem postado com as costas voltadas para uma porta. Ele tinha aspecto de doente, a pele amarelada e tossia incessantemente. Usava uma camiseta regata branca com manchas amareladas e enfiada de forma displicente dentro das calças jeans desbotadas. Uma longa faixa azul, no estilo de cordas de capoeira, era utilizada como cinto para manter as calças no lugar, e parecia ser a única peça de roupa limpa que trajava. Ele o reconheceu como sendo Pestilento, um dos membros dos Guaiamuns, a gangue rival mais poderosa depois da sua própria.

Pestilento percebeu sua presença e imediatamente se virou para abrir a porta. O membro dos NoVe pôde sentir o olhar de respeito misturado ao ódio que só membros de gangues rivais podem nutrir uns pelos outros.

— Ele chegou! O Barba chegou! — anunciou enquanto entrava na sala.

Barba passou pela porta e examinou rapidamente o lugar. Sem dificuldade, foi capaz de discernir os líderes das cinco maiores gangues da Zona de Guerra do Rio de Janeiro. Alguns deles, como ele próprio, estavam sozinhos, conforme fora combinado. Outros, no entanto, tinham dois ou até três membros de suas gangues consigo. Aquilo não espantava Barba. Não era de se admirar, visto que os cabeças das gangues eram frequentemente emboscados e assassinados por seus desafetos, simplesmente para serem substituídos por outra cabeça, tal qual uma hidra. Nada podia garantir a eles que a reunião que Barba convocara não era mais uma dessas armadilhas.

— Caralho, Barba! Não tinha um lugar mais escroto do que esse pra você marcar uma reunião não?

Ele não respondeu. Apenas abriu os braços e deu as costas para Pestilento que, metodicamente e com um ar ritualístico, apalpou-o de cima a baixo à procura de armas escondidas. Quando não achou nenhuma, abaixou-se e levou a mão em direção à peixeira enfiada na bota direita do homem grisalho.

Antes que pudesse perceber, Pestilento estava erguido no ar, as costas contra a parede do quarto outrora luxuoso. Barba tinha seu pescoço entre os dedos da mão esquerda e, com a direita, pressionava de leve a ponta da peixeira contra o abdome do trapo de homem.

— Nunca toque na peixeira de um NoVe... NUNCA! — Barba disse num sibilo raivoso entre os dentes.

Ele deixou Pestilento cair no chão num acesso de tosse ainda pior do que aqueles que tinha normalmente. Quando tentou se levantar com os olhos cheios de ódio, Pestilento foi atingido por um chute na lateral dado por um negro alto que se moveu do fundo do quarto para perto da cena. Ele usava uma bandana amarrada na cabeça, tal qual a de Barba, mas na mesma cor azul da faixa que Pestilento usava na cintura.

— Sai daqui, seu merda! Depois eu cuido de você. Vai cuidar dos jet skis lá embaixo. — disse o homem, enquanto colocava Pestilento para fora a pontapés.

Barba ficou impassível durante todo o processo, já com as feições inalteradas de sempre, por baixo da espessa barba grisalha.

— Foi mal, Barba. Impossível ensinar o mínimo de etiqueta pra esses merdinhas novos que vão entrando pra família... Mas, fazer o quê? Precisamos repor o pessoal que esses filhos-da-puta-de-corporativos vivem apagando.

O homem esticou a mão para Barba e eles se cumprimentaram, um segurando firmemente o antebraço do outro.

— Tá, então vamu pará com essa viadagem que já tá ficando tarde — disse um homem pequeno com um colete cor de abóbora que estava sentado no parapeito da janela do quarto. Era um dos líderes de gangue que tinham trazido capangas, apesar de não ser esse o combinado. Tinha um verdadeiro armário parado ao seu lado com os braços cruzados e olhar ameaçador. Barba já não gostava do homenzinho antes, agora menos ainda.

— O que tá acontecendo, Barba? Por que você é que veio na reunião de líderes? Cadê o Abutre?

— O Abutre tá morto — Barba anunciou sem preparação ou algum tipo de emoção na voz.

A sala ficou em silêncio por vários segundos. Quando voltaram a se manifestar, a reação dos líderes foram as mais diversas. O homem do colete cor de abóbora começou a gargalhar maniacamente; outros dois líderes ficaram em um silêncio respeitoso; um deles suspirou, claramente aliviado; o homem da bandana azul deu um tapa amistoso nas costas de Barba.

— Porra, Barba! Parabéns!!! Fazia tempo que eu falava pra você apagar aquele maluco filho-de-uma-puta e assumir o controle. Eu não sei por que você se sujeitou àquele merda por tanto tempo.

Barba sabia. Ele estava lá no dia em que Abutre assumira o controle. Apesar de todos os rumores, a luta não tinha sido arranjada. A briga de peixeira fora justa e árdua. Abutre ganhara a liderança honestamente e aquilo não tinha nada a ver com seu caráter duvidoso ou seu jeito violento de comandar a gangue. Barba era um homem de princípios, tortos e ilegais, mas princípios. Ele respeitava Abutre tanto quanto alguém podia respeitar um homem como aquele. Ele fora seu lugar-tenente por vários anos e não se envergonhava daquilo. O homem de colete abóbora continuava a rir, debruçando-se sobre o parapeito da janela, e aquilo começava a incomodar Barba.

— Não fui eu. Foi alguém de fora.

A sala silenciou tão rápido quanto ficara barulhenta assim que ele deu a notícia. Até o barulhento homem do colete abóbora engoliu seu riso de súbito. A perplexidade nos olhares de todos fez com que Barba não esperasse a pergunta que ele sabia que viria a seguir.

— Foi o detetive. Aquele que mora no Méier. O tal de Freitas.

Todos os líderes de gangue sabiam de quem se tratava, mas foi o baixinho de colete que falou primeiro.

— Esse cara é da minha área. Já meteu o bedelho em várias paradas minhas. É um filho da puta que incomoda. As pessoas da vizinhança dele tão mais abusadas cada dia. Tem gente que não qué mais paga proteção. Do que é que cê precisa? Qué livre passagem lá na minha área? Qué que eu apague o cara procê?

Barba não demonstrou o desprezo que sentia por aquele homem. Limitou-se a agradecer e a declinar educadamente o oferecimento. Explicou pacientemente que tinha outros planos a respeito do detetive e que aquela reunião era para que nenhuma dúvida pairasse sobre o que tinha em mente. Enquanto falava, explicitando os prós, os contras e os possíveis desdobramentos de sua decisão, viu o homem pequeno protestar ruidosamente e se opor a cada uma de suas colocações.

— O caralho que cê vai fazer isso que tá falando. Só por cima de mim.

Barba se voltou para a saída e caminhou na direção da porta entreaberta. Na metade do caminho, ele parou e virou novamente para o grupo. Os demais líderes já haviam se afastado e o homem pequeno estava em posição com seu brutamontes.

— Que seja — disse Barba, enquanto alcançava a peixeira enfiada na bota direita.

No fim daquele dia, cinco dos seis jet skis que chegaram para a reunião deixaram o hotel. Os olhos que espreitavam das janelas dos prédios de Copacabana viram o homem barbado sair por último no veículo barulhento. Mais tarde, aqueles mais curiosos, que se aventurassem a entrar no Copacabana Palace e a subir por uma escada de corda, encontrariam três números nove pintados em vermelho vivo nas paredes encardidas de uma das suítes do hotel abandonado.

18

Renata Braga fez um pequeno movimento com o indicador direito, no qual um sensor estava ligado. A cadeira flutuadora abaixo dela mudou a direção de algumas das saídas de ar e ela girou suavemente para encarar Freitas.

— Então o desgraçado matou a própria família e a prostituta, só para que não descobrissem que ele tinha se ligado aos tais tentáculos?

— O mais correto seria dizer OS desgraçados. Eles se referiam a si mesmos como "nós". E você tem que entender que aquela coisa não era mais Andreas Wittgood. Não existia mais nenhum tipo de sentimento pela mulher, pelos filhos, nem pela amante.

— Mas ele... eles... ah, por que as tais coisas se arriscariam a deixar o prédio da corporação dentro de um Oráculo para matar a prostituta?

— Pense bem. Foi fácil orquestrar a morte de todos os outros. Sebastião, o porteiro, estava na Zona de Guerra, onde você pode encomendar a morte de qualquer um por um punhado de créditos. A mulher e os filhos só viajavam em veículos da megacorporação, aos quais ele tinha total acesso nas áreas de manutenção.

— Mas a amante era um segredo — Renata interrompeu — Ele

não usava nada da corporação com ela para não chamar a atenção. Até as visitas noturnas dela à Rinehardt deviam ser com um BPM falso.

— Exatamente. Dentro de um Oráculo, eles tinham acesso a uma bateria forte o bastante para mantê-los funcionando pelo tempo necessário. Eles só tiveram que mandar o visor como um presente de Wittgood para Rita de Cássia e deixar uma retirada agendada como se fosse um recall. Ele saiu e voltou para dentro da Rinehardt da mesma forma.

— Mas, por que deixar você se aproximar tanto?

— Eu não sei dizer o que fez com que ele me escolhesse. Talvez o fato de ter descoberto que a Vivian...

Freitas percebeu que a menção do nome fez Renata baixar os olhos e ficar encarando as próprias pernas amarradas à cadeira flutuadora.

— ...ahn, que a mulher tinha me contratado, tenha feito eles acharem que eu era uma boa opção. Afinal de contas, quem é que iria se importar se um detetive que mora na Zona de Guerra sumisse? O fato é que eles precisavam de um corpo novo. Eles conseguiram se manter dentro do Oráculo para chegar até a Rita, mas tanto tempo sem respirar, fez com que várias partes do seu corpo ficassem sem oxigênio por um período longo demais. Já faz quase três meses e eu ainda tô tentando me livrar daquele cheiro podre nas minhas narinas.

— Sei. E você já parou pra pensar que talvez não tenha sido nada disso? Que eles escolheram você simplesmente porque você já estava envolvido e porque é gordo?

— Gordo?!? O quê? Como assim???

— Você falou que ele era um cara grande, como você, e que as coisas, os tais tentáculos, ficavam passeando por dentro dele. Imagino que esses tentáculos precisassem de um bocado de espaço para fazer isso sem arrebentar uma série de órgãos vitais e sem que o tal brilho azul ficasse muito evidente. Isso, somado ao fato de não ter quase ninguém que se preocupe com você, pode ter sido um fator decisivo.

Freitas vestiu-se de um de seus sorrisos sarcásticos.

— Uau, você está se incluindo no rol das pessoas que se preocupam comigo? Estou lisonjeado.

— Eu me preocupo com você sim, mas estava me referindo à Vivian.

Freitas voltou a ficar sério, mas não disse nada. Apenas ficou fitando os olhos de Renata, pego de surpresa pelo que ela dissera.

— Você não precisa evitar o nome dela. Ela foi muito melhor para você do que eu. Ela correu riscos para ficar do seu lado, ao passo que eu te traí por créditos e por ciúmes. Se você percebe algum tipo de incômodo, quando fala nela, não é inveja ou raiva, é simplesmente vergonha. Vergonha de ter esquecido de quem eu era e de ter usado o fato de você ter ido embora como desculpa pra me tornar um daqueles que nós desprezávamos.

— Renata...

— Deixa eu terminar. Quero que saiba que eu sou muito grata por você ter salvo a minha vida, quando ninguém no seu lugar o teria feito. Que eu estou fazendo de tudo para tirar você daqui. E que, se meu plano der certo, você vai sair hoje mesmo, pra se encontrar e ficar com ela.

Freitas abriu a boca para responder, mas foi interrompido. Um policial corporativo em uma armadura vermelha abriu a porta da cela.

— Está na hora, doutora. Tenho que acompanhar o réu até a sala de audiência.

Ele se levantou e esticou os braços para que o policial corporativo colocasse as algemas. Renata movimentou o indicador e a cadeira começou a deslizar suavemente para fora da cela. Os três começaram a percorrer o estreito corredor que ligava a ala carcerária ao fórum. Enquanto se moviam, Renata na frente, seguida de Freitas e do policial corporativo, continuaram a conversa.

— Você acha que vai dar certo, Renata?

— Não vejo por que não. Além do mais, não temos outra opção. Qualquer outra coisa pode fazer com que eles mantenham você preso durante anos num labirinto jurídico. Você vai ter que confiar em mim.

— Eu confio.

Freitas colocou as mãos algemadas no ombro de Renata enquanto caminhavam. Ele não podia ver, mas o gesto fez os olhos da advogada se encherem de lágrimas.

O juiz corporativo sentou e acionou o holoprojetor à sua direita. A imagem mostrava uma pasta com um número e a foto de Freitas. Com um toque, o juiz fez com que a pasta se abrisse. Ele ficou lendo os dados do processo, enquanto o auditório repleto aguardava em silêncio.

O caso de Freitas era o mais comentado em todos os holonoticiários e artigos da rede. É claro que a Rinehardt Corporation tinha conseguido omitir todos os detalhes que interessavam. O resultado foi que Freitas era considerado um assassino perigoso, que tinha vindo da Zona de Guerra para a Barra da Tijuca para assassinar o presidente de uma megacorporação. Com isso, eles conseguiam não só atingir uma pessoa que detinha uma série de informações desconfortáveis para a empresa, mas também aumentar ainda mais o preconceito contra os exilados.

O promotor do caso era Jorge Vasconcellos. Renata tinha dito para Freitas que o conhecia bem e que ele era um tubarão. Que não seria fácil enganá-lo, mas que eles tinham uma chance.

O juiz corporativo fechou a projeção da pasta que flutuava sobre a mesa com um movimento do indicador e passou a se dirigir a Freitas.

— Carlos Freitas, o senhor é acusado de homicídio qualificado de dois seguranças de um edifício da Barra da Tijuca, tendo como qualificadora o fato de tê-lo feito de modo que impediu a defesa de ambas as vítimas; é acusado do homicídio duplamente qualificado de Andreas Wittgood, presidente da Rinehardt Corporation, tendo como qualificadoras, tê-lo feito mediante paga ou recompensa e mediante emboscada; é acusado do homicídio tentado da doutora Renata Braga, advogada, que, surpreendentemente, patrocina sua defesa...

Um burburinho se formou no auditório quando o juiz lembrou o fato de Renata estar defendendo Freitas. Para todos os cidadãos e repórteres presentes, a verdadeira história era aquela que eles tinham visto nos holonoticiários.

— É acusado de conspiração ilegal contra a Federação das Megacorporações da Barra da Tijuca; e é acusado de associação ilegal com grupos radicais ambientalistas para promoção de terrorismo dentro da Fronteira. Senhor Carlos Freitas, o senhor tem o direito de permanecer calado e de não responder perguntas que lhe forem formuladas. O senhor entende o seu direito?

— Sim, excelência.

— Que fique registrado que o réu foi cientificado do inteiro teor da acusação e do seu direito de permanecer calado. Passo à primeira parte do interrogatório: senhor Carlos Freitas, onde o senhor reside?

— Eu moro no Méier, excelência. Na rua...

— Que o réu alegou residir fora da Barra da Tijuca, na Zona de Guerra. O local da Zona de Guerra não é importante.

Freitas olhou para Renata. Ela fez um sinal para que ele mantivesse a calma.

— O senhor trabalha? Tem profissão? Quais os seus meios de subsistência?

— Eu sou policial corporativo reformado, identificação PC/025, e atualmente trabalho como detetive particular.

— Onde o senhor exerce a atividade de detetive particular?

— Normalmente, na Zona de Guerra. Eventualmente, na Barra da Tijuca.

— Já foi preso ou processado alguma vez?

— Somente processos administrativos das próprias Polícias Corporativas, todos por insubordinação.

— Terminada a primeira parte, sobre a pessoa do acusado, passo à segunda parte do interrogatório, sobre os fatos. O senhor já está ciente das acusações que são feitas contra sua pessoa. Quanto à acusação de...

— Sou culpado de todas as acusações, excelência — Freitas interrompeu o juiz corporativo.

O plenário da sala de audiência explodiu com falatório e perguntas sendo gritadas pelos repórteres para Freitas e Renata. O promotor corporativo colocou-se de pé e começou a tentar se fazer ouvir, mas era impossível distinguir qualquer palavra no meio da confusão de vozes. O juiz alcançou o painel sobre sua mesa e tocou um dos sensores. Uma voz feminina sem emoção começou a se projetar de alto-falantes espalhados pela sala, pedindo silêncio e ameaçando esvaziar o recinto. O volume da voz aumentou até que somente ela fosse ouvida. Quando cessou, a sala estava novamente em silêncio.

— Senhor Freitas, não creio que o senhor tenha noção da gravidade das acusações que estão sendo feitas.

— Tenho perfeita noção da gravidade e da verdade por trás de cada uma das acusações excelência... e me declaro culpado de cada uma delas.

Nova explosão de excitação no plenário. Desta vez, o próprio juiz gritava a plenos pulmões pedindo ordem, enquanto socava o painel em busca do sensor que ativava a gravação.

No meio da confusão, Renata trocou um olhar com o promotor corporativo, que parecia completamente perdido com a confissão de Freitas. A mulher deu um sorriso sarcástico e aquilo pareceu ser a gota que faltava para que o promotor perdesse o controle.

— Excelência! Excelência! Eu protesto.

— Em que bases, senhor promotor? O acusado está confessando que cometeu os crimes a ele imputados. Muito provavelmente, será condenado. Acho que é esse o objetivo da promotoria corporativa, não?

— Não... Sim... É CLARO, EXCELÊNCIA! Mas alguma coisa está errada. A defesa intimou testemunhas, solicitou dados da promotoria... não faz sentido que agora o réu se declare culpado. Ele não confessou nada em momento algum do inquérito policial.

Renata olhou para Freitas e acenou com a cabeça, indicando que a isca tinha sido mordida. Com um novo movimento do sensor preso em seu indicador, ela fez a cadeira se voltar para o promotor.

— É direito do meu cliente se declarar culpado em qualquer momento do processo, digníssimo promotor. E a defesa espera que a confissão de livre vontade seja levada em consideração pelo juízo no momento da definição da pena.

— Excelência, se a defesa está pensando que conseguirá algum acordo da promotoria nessa altura do processo, está completamente enganada. A promotoria aceita de bom grado a confissão do acusado e encerra seu caso, com a certeza de que este ilustre e douto juízo aplicará a pena máxima prevista para o caso.

Ao dizer as últimas palavras, o promotor se levantou e espalmou as mãos sobre a mesa, inclinando-se para frente. Tinha recuperado seu ar arrogante e era exatamente com isso que Renata contava: arrogância. A advogada voltou a comandar sua cadeira e virou-se para Freitas, tentando evitar que seu rival pudesse ler sua expressão de vitória.

— Muito bem. Senhor Carlos Freitas, o senhor tem mais alguma coisa a declarar em sua defesa?

— Sim, excelência. Quero deixar claro que não me arrependo, nem por um segundo, de nada que fiz desde que voltei para a Barra da Tijuca, esta ridícula imitação de uma cidade-estado. Faria tudo novamente. Vocês deveriam se envergonhar de se julgarem superiores àqueles que mantêm do lado de fora dos muros da Fronteira. Há mais humanidade, dignidade e lealdade em cada metro quadrado do que vocês chamam de Zona de Guerra, do que em toda a Barra da Tijuca e Recreio. Se é verdadeira a afirmação de que todo império cai algum dia, eu adoraria estar presente para ver aquelas muralhas caindo e vocês face a face com os que arremessaram do outro lado.

O juiz corporativo estava boquiaberto. Lívido. Demorou vários segundos para tentar conter o tumulto que tinha se tornado a sala de audiência, depois da declaração de Freitas. Pessoas indignadas gritavam, chamando Freitas de traidor e Renata de louca. Mas nem todas as manifestações eram contrárias a eles. Algumas pessoas simplesmente permaneceram sentadas, com um sorriso acanhado nos lábios. Uns poucos, mais corajosos, gritavam frases de incentivo, sendo rapidamente contidos por policiais corporativos que os arrastavam violentamente para fora do recinto.

— MUITO BEM! Se o senhor é tão eloquente para confessar as atrocidades que cometeu e para defender aqueles que ameaçam a ordem e a paz das pessoas de bem, vamos ver se fica satisfeito ao compartilhar o resto da sua vida com eles. Eu julgo Carlos Freitas, no caso 2087556766/B contra ele apresentado, culpado de todas as acusações. A decisão motiva-se nos fatos gravados em plenário, onde consta confissão, e fundamenta-se nos artigos 134, 137 e 168 do código de leis corporativas. Nada mais tenho a acrescentar ao relatório, portanto, passo ao dispositivo. Condeno o acusado à pena máxima: banimento. Que seja expulso da Barra da Tijuca para o outro lado imediata e definitivamente. É minha decisão, ao que declaro o processo transitado em julgado.

O juiz corporativo lançou um último olhar furioso para Freitas e saiu da sala. O detetive sustentou impassível o olhar do magistrado.

Freitas se virou rápido para Renata e segurou as mãos da mulher entre as suas sem dizer nada. Ele sabia que não era preciso. O discurso da advogada sobre Vivian tinha lhe mostrado que ela finalmente entendera. A mulher que ele tinha conhecido antes de deixar a Fronteira estava de volta.

Os policiais corporativos se aproximaram e o arrancaram dali sem nenhuma cerimônia ou cuidado. Por baixo de suas armaduras, também sentiam-se atingidos pelas palavras de Freitas. Eles arrastaram o detetive pelo corredor estreito até que ele sumisse da vista de Renata.

A advogada ficou parada ali, enquanto a sala de audiência se esvaziava. Retirou seu BPM da bancada da defesa e o guardou no pequeno bolso da frente do tailleur bem cortado. Ela notou que Jorge, o promotor corporativo, aguardava-a junto à porta de saída, deixando as pessoas da audiência passarem por ele, enquanto exibia um largo sorriso de vitória no rosto. Renata achou engraçado e resolveu enrolar mais um pouco. Retirou o BPM do bolso novamente e foi ligá-lo na mesa do primeiro secretário, como se desejasse copiar a gravação da sessão de julgamento. Fez tudo da forma mais lenta e desajeitada possível, perdendo mais de dez minutos no processo.

Como ela esperava, seu rival não se moveu.

— Ele não perderia a chance de tripudiar em cima de um advogado vencido — ela pensou.

Finalmente, ela comandou a cadeira flutuadora em direção à porta. O promotor corporativo abriu espaço para que ela passasse e, logo em seguida, colocou-se ao seu lado, andando pelo corredor em direção à saída do fórum.

— Renata, você sinceramente não esperava ganhar essa, esperava? O cara já entrou na sala de audiência condenado. Eu quase tenho vergonha de colocar esse caso na minha coleção de vitórias.

— Vitórias sobre mim, você quer dizer?

— Renata, você é uma ótima advogada. Eu já disse isso um milhão de vezes. O problema é que você insiste em ficar do lado errado do jogo. Mesmo com essa confusão em que se meteu defendendo esse tal detetive, com o seu currículo, eu consigo uma vaga na promotoria da minha corporação na hora que você quiser.

Renata parou sua cadeira. Estava bem na saída do fórum, em frente às escadarias. Lembrou que estivera ali há alguns meses, conversando com aquele mesmo promotor, instantes antes de encontrar Freitas pela primeira vez, após seis anos de ausência. Aquele homem sempre tivera o dom de mudar os rumos de sua vida. Ela não pôde deixar de sorrir.

— Renata?!?

— Você acha que já o baniram a essa hora?

— Não acredito que você ainda tá pensando nesse cara... Acho que sim... É bem provável. Ele já deve estar sendo dilacerado pelos membros das gangues do outro lado...

— É Zona de Guerra.

— O quê?

— O nome... é Zona de Guerra. Nós mesmos demos esse nome, provavelmente para acabar com o pouco de identidade que restava àquelas pessoas, e agora temos medo de pronunciá-lo. Nós acabamos de mandar mais um inocente pra lá, talvez o mais inocente de todos.

— Renata...

— Eu não terminei. Felizmente, pelo menos uma vez, eu consegui usar todo esse preconceito em favor de alguém que merecia. Eu tinha certeza de que iam dar esse caso pra você, Jorge. E estava contando com isso. Você, com toda a sua empáfia, não admitiria perder pra mim de jeito nenhum. A ponto de não perceber que aquele juiz imbecil estava condenando ao exílio um homem que morou na Zona de Guerra por vontade própria, durante seis anos, sem ter usado seu BPM de livre passagem uma única vez. Não até o dia que voltou ao inferno apenas para ajudar uma pessoa. Bem, ele acabou ajudando bem mais que uma, e eu agradeço por você tê-lo mandado de volta, Jorge. Não para o "outro lado" ou para a "Zona de Guerra"... Você o mandou de volta pra CASA.

Renata aproveitou aquele momento o máximo que pôde. O rosto do promotor corporativo parecia estar derretendo enquanto a expressão de pânico e súbito entendimento tomava conta dele.

— Merda — ele sussurrou, antes de voltar correndo para dentro do fórum.

Renata moveu o indicador e a cadeira seguiu em frente, ajustando automaticamente os colchões de ar para conferir estabilidade na descida da escada. Quando alcançou o nível da rua, olhou em volta, respirou fundo e sorriu mais uma vez. Ela posicionou o indicador e o polegar nos cantos da boca e, assoprando forte, emitiu um assobio agudo para chamar a atenção do flutuador amarelo que passava por ali.

19

O policial corporativo jogou o BPM de volta para Freitas. Tinha levado apenas alguns segundos deletando a identificação da Polícia Corporativa e o passe de livre acesso para a Fronteira. O segundo policial corporativo que o tinha acompanhado até ali o colocou de frente para os portões e tirou as algemas de seus pulsos. Os dois homens em armaduras se colocaram atrás da mesa de controle da saída T3 da Fronteira, a mesma pela qual Freitas tinha entrado meses atrás. Quando o detetive ouviu os passos firmes que vinham do corredor ao seu lado, teve certeza de que aquilo não era nenhuma coincidência.

— Como você está, Freitas?

O Major Rocha se colocou de frente para o detetive. Tinha a mesma expressão dura de quando tinham se reencontrado, mas, desta vez, ela não deu lugar a nenhum sorriso ou abraço. Ele carregava o grosso volume de um livro embaixo do braço direito.

— Eu fiz questão de arranjar que sua saída fosse por aqui.

— Imaginei isso.

— Tem algumas coisas que quero te dizer.

— Imaginei isso também.

Antes de continuar, o Major lançou um olhar para os dois policiais corporativos que, imediatamente, empertigaram-se em suas posições. Rocha pegou Freitas pelo braço e se afastou o máximo que pôde dos dois, quase se encostando nas portas largas de aço reforçado que os separavam da Zona de Guerra.

— Quero que você saiba que eu tô deixando essa merda.

— Como assim?

— Tô me aposentando. Entrei com o pedido assim que eu soube que você fez aquilo se espatifar no pátio da Rinehardt. Os holonoticiários não mostram nada disso, mas eu estive perto daquela coisa. Vi o corpo sendo separado dos tentáculos na sala de autópsia pra poder ser apresentado apenas como um corporativo que tinha sido assassinado.

— Eles se livraram de todos eles?

— Já faz algumas semanas que foram desinstalados e levados não sei pra onde. Espero que tenham sido todos destruídos, mas vai saber o que passa na cabeça do alto escalão de novas tecnologias. Eu vi alguns dos cientistas eufóricos na sala de autópsia com o que eles chamavam de "possibilidades".

Freitas imaginou um laboratório com luzes fluorescentes muito claras na parte mais remota do prédio de uma corporação. Podia ver claramente ratos e cães com os tentáculos luminosos saindo de seus corpos em pequenas jaulas empilhadas. Antes que sua mente o fizesse ir mais longe do que isso, afastou o pensamento que ainda era capaz de lhe trazer náuseas.

— O que você está fazendo aqui de verdade, Rocha?

— Eu preciso ter certeza de que você não está pensando que eu sabia de algo quando reportei a sua entrada na Fronteira praquela coisa. Eu pensei o tempo todo que estava falando com o verdadeiro presidente da Rinehardt.

— E você acha que isso faz alguma diferença? Pra quem você me entregou?

— Você era uma anomalia no cotidiano da Fronteira... a única coisa que nos protege da... eu tinha...

Freitas ficou encarando o corporativo enquanto ele lutava para encontrar palavras para explicar algo que sabia ser inexplicável. Por fim, ele desistiu.

— Desculpe... É só o que eu posso dizer. Desculpe. Eu trouxe uma coisa. Eu sei que não me redime, mas gostaria muito que você ficasse com isso.

Freitas olhou o livro que o Major esticava para ele com as duas mãos.

— A Bíblia Sagrada?!? Você só pode estar de sacanagem?

— Pega, por favor. Eu juro que você não vai se arrepender.

Freitas esticou o braço e tirou o volume grosso da mão do Major. Sentindo o peso conhecido do livro, ele levantou os olhos espantados para o antigo companheiro. Rocha deu um pequeno sorriso, colocou as mãos sobre os ombros do detetive e sussurrou ao seu ouvido.

— De qualquer forma, essa sempre foi mesmo a nossa religião...

Antes que Freitas pudesse dizer qualquer coisa, o Major Rocha se afastou e deu um aceno de cabeça para os policiais corporativos atrás da mesa de controle. Com o toque de um sensor, a enorme porta da Fronteira começou a deslizar, deixando entrar a luz e a poeira que vinham da Zona de Guerra.

Com apenas alguns passos, Freitas estava em outro mundo. Assim que pisou o chão de Jacarepaguá, a porta começou a se fechar por detrás dele. O detetive podia ouvir o burburinho acima de sua cabeça. Uma pequena multidão devia estar postada no alto da Fronteira para assistir ao seu exílio. Ele decidiu naquele instante que não olharia para trás. Não queria dar esse prazer aos corvos.

Caminhou firme pelo chão esburacado em direção aos escombros da rampa da via expressa. Sob a sombra das partes que ainda estavam de pé, percebeu um grande número de pessoas à sua espera. Daquela distância, ainda era impossível reconhecer rostos, mas podia distinguir vários motoqueiros e as cores de gangue.

— NoVes — ele pensou — Vieram vingar a morte de seu líder.

Freitas diminuiu o passo da forma mais discreta possível, sem desviar-se da direção em que seguia. Segurou a bíblia dada pelo

Major Rocha entre as mãos e a trouxe para perto do peito, como se rezasse.

— Acionamento vocal. Funcionalidade e munição.

— Totalmente funcional e carregada — a bíblia respondeu.

— Considere-se completamente perdoado, Rocha.

Freitas abriu a capa do livro e arrancou sua Princesa do espaço precariamente recortado entre as páginas. Agora estava a poucos metros da gangue que o aguardava e apontou a arma para o membro que, pelas cores e postura, parecia ser o líder.

— O que querem? Ele estava na minha área. Me atacou e foi uma luta justa. O ABUTRE MORREU NUMA LUTA JUSTA.

O detetive gritou a última frase na expectativa de que toda a gangue a pudesse ouvir. Novos líderes tendem a ser questionados e se conseguisse que pelo menos alguns deles, por instantes, ficassem em dúvida sobre a real motivação de estarem ali, podia ter alguma chance de sair vivo.

Nenhuma resposta.

Freitas ficou encarando o suposto líder da gangue até que um movimento à sua esquerda fez com que mudasse a direção para a qual apontava a arma, apenas para deixar o braço cair ao longo do corpo logo em seguida.

— Vida longa e próspera, detetive.

Branquinho vinha de trás do grupo de motoqueiros. O negro tinha a boca escancarada no mesmo sorriso de sempre a e mão direita levantada no ar, com a palma virada para Freitas. Os dedos estavam divididos numa saudação pouco natural, com o mínimo e o anelar separados do médio e do indicador.

— Branquinho! Mas o que...

— Nós estávamos vindo receber você, quando nos encontramos com esses cavalheiros. Parece que eles também viram os holonoticiários sobre o julgamento. Eles alegam que você é o novo líder dos NoVe.

Freitas olhou para o motoqueiro mais velho. O homem parecia passar dos cinquenta anos, mas ainda tinha a compleição forte

— Rio: Zona de Gerra —

e o rosto determinado. Era moreno de sol nas partes do rosto não cobertas pela barba espessa e grisalha. Vestia preto da cabeça aos pés, com exceção da bandana vermelha com o símbolo dos NoVe, que lhe cobria o alto da cabeça. Ele cumprimentou o detetive com um aperto de mão silencioso e obteve a mesma resposta.

Freitas se voltou para continuar a conversa com Branquinho, mas, quando se virou, deu de cara com Vivian. Ela estava parada perto dele. Muito perto dele. Antes que pudessem perceber, eles já eram um só. Toda a espera e emoção daqueles meses foram despejadas naquele beijo. Ele pôde sentir a forma do corpo da mulher colado no seu enquanto ela abraçava o seu pescoço. Ela pôde sentir a excitação do homem enquanto ele a tirava do chão abraçando-a pela cintura.

Só depois de longos segundos, deram-se conta de onde estavam. Quando abriram os olhos, viram Branquinho parado bem perto, com os braços cruzados, os olhos arregalados e um sorriso ainda maior que o de costume ocupando a maior parte do rosto.

Freitas e Vivian começaram a rir e voltaram a se abraçar, desta vez sem o mesmo ímpeto.

— Eu acabei com ele — ele disse ao seu ouvido.

— Eu sei. Obrigada — ela sussurrou de volta.

Freitas se separou do abraço e segurou a mulher gentilmente pelos ombros.

— Parece que os negócios acabaram.

— Touché, detetive.

Ele e ela começaram a caminhar abraçados, seguindo Branquinho em direção a um carro completamente acabado. O sobrinho de Branquinho aguardava na direção. Quando estava a meio caminho, Freitas se voltou para o motoqueiro a quem tinha cumprimentado.

— Isso é sério?

— Sim — disse a voz rouca que saía do emaranhado de pelos.

— Qual o seu nome?

— Todos me chamam de Barba.

Freitas deu uma longa olhada para a muralha da Fronteira. Ainda podia ver as pessoas em seu topo, provavelmente se perguntando por que os selvagens não o tinham trucidado ainda.

— Muito bem, Barba. Tente conseguir uma reunião com os líderes de todas as outras gangues. Eu disse TODAS.

Barba fez que sim com a cabeça e, se fosse possível discernir sua boca, todos teriam visto um raro sorriso.

EPÍLOGO

Vivian acordou, mas não abriu os olhos imediatamente. Era preguiçosa e gostava de acordar bem devagar, recobrando os sentidos um a um. Primeiro, respirou fundo e sentiu o cheiro de sexo que ainda impregnava o ar à sua volta. Depois, esticou os braços e as pernas, espreguiçando-se, o que fez com que o lençol de algodão que cobria seu corpo nu escorregasse sobre os mamilos, causando uma sensação gostosa e expondo seus seios ao ar frio do quarto refrigerado. Só então abriu os olhos para encontrar Freitas que estava apreciando o espetáculo de sua cadeira.

— Bom dia.

— Há quanto tempo você está aí?

A mulher fez a pergunta com um sorriso enquanto jogava o lençol para o lado. Ela se levantou e se espreguiçou mais um vez. Freitas admirou as curvas de sua companheira e esperou que ela terminasse de se esticar como uma gata antes de responder.

— Desde que eles começaram a chegar... Há algumas horas.

Vivian ficou repentinamente séria e andou até a janela coberta pelas venezianas. Quando passou pela cadeira de Freitas, fez questão de acariciar seu rosto mal barbeado com as costas da mão.

Ela ficou calada vários minutos, olhando pelas frestas que abria nas venezianas com os dedos da mão esquerda. Freitas não se virou para acompanhar o que a mulher fazia, mas imaginou o que deveria estar passando por sua cabeça. Ele tomou um susto quando ela caiu sentada em seu colo e aplicou um beijo estalado em sua bochecha.

— Quando começa?

Freitas ficou olhando o sorriso na boca da amante e imaginando se algum dia conseguiria deixar de se sentir surpreendido por aquela mulher.

— É só isso que você tem a dizer?

— O que você queria que eu dissesse? Nós só fizemos conversar nas três últimas semanas... bem, não só conversar, mas você entendeu o que eu quis dizer. Já falei pra você que eu acho que já passou da hora de alguém fazer algo a respeito. O fato de ser você só aumenta o respeito e tudo mais que eu sinto por você.

Freitas tentou beijar a mulher, mas ela girou seu rosto com a mão e lhe deu outro beijo na bochecha.

— Não. Eu não escovei os dentes ainda.

Vivian se levantou com um pulo e Freitas ficou admirando seu rebolado enquanto ela caminhava para o banheiro. O detetive começou a ouvir os ruídos com os quais se acostumara durante as três semanas que se passaram desde que voltara para a Zona de Guerra. Fazia muito tempo que não dividia seu espaço com ninguém e a sensação era boa.

A mulher voltou a aparecer na porta do banheiro. Estava escovando os dentes e já vestia uma minúscula calcinha que, por mais incrível que pudesse parecer para Freitas, a fazia ficar ainda mais irresistível. Ela falou alguma coisa com a boca cheia de espuma, a escova ainda fazendo seu trabalho de vaivém.

— O quê? — Freitas riu — Eu não entendi uma só palavra...

Vivian entrou novamente no banheiro e voltou com a boca livre da espuma. Caminhou até Freitas, sentou-se em seu colo e lhe deu um demorado beijo com gosto de hortelã. O detetive retribuiu o beijo e fez suas mãos correrem o corpo da mulher.

— Não se faça de desentendido — ela disse, interrompendo o

beijo e segurando o rosto de Freitas entre as mãos — Eu quero saber quando começa...

— Eu não vou conseguir convencer você a não se envolver, né?

— Eu estou envolvida desde que me apaixonei por você. Aonde você for, eu vou.

Freitas ficou calado enquanto a mulher se levantava e caminhava para o armário. Ambos já sabiam o que estava acontecendo entre eles, mas era a primeira vez que um dos dois dizia em voz alta.

— Começa hoje.

— Imaginei. Pedi pro Branquinho trazer umas coisas pra mim esta semana.

— É. Quando?

— Quando você saiu para encontrar os líderes das gangues.

— Sei. E aí? O que você achou?

— Me diz você.

Vivian saiu de trás da porta do armário completamente vestida. Não com os saltos ou vestidos curtos em que Freitas se acostumara a vê-la, mas com coturnos negros e uma calça de combate. Por cima da camiseta regata branca, vestia um colete com duas pistolas encaixadas nas laterais. Os cabelos ruivos estavam novamente presos num coque, como no dia em que tinham se conhecido.

Freitas não disse nada. As emoções se digladiavam dentro dele. Orgulho da mulher com quem sabia que dividiria o resto de sua vida, que, no atual momento, não tinha perspectiva de durar muito. Medo de deixá-la participar daquela loucura que tomara proporções que ele não tinha imaginado.

Vivian percebeu o tormento de seu homem. Caminhou lentamente até ele e, tomando-o pela mão, fez com que se levantasse. Ela o conduziu até atrás da escrivaninha e o colocou de pé em frente à janela. Antes que ele pudesse protestar, ela puxou o cordão com violência, forçando as venezianas para cima.

A visão do terceiro andar do antigo prédio do Méier era arrebatadora. As ruas estavam tomadas por pessoas e veículos. Não era possível avistar um único centímetro de chão que não estivesse ocupado até onde a vista alcançasse. Freitas podia distinguir membros de todas as gangues que pudesse imaginar, vestindo suas cores e carregando suas armas de preferência. Mas não era só isso. Podia ver homens e mulheres que não vestiam cor alguma, portando armas antigas ou objetos do cotidiano transformados em armas de improviso.

— E se aquele meu sonho se tornar realidade? — ele perguntou.

— Aquele sonho VAI se tornar realidade. Só que, desta vez, não vamos ficar parados, esperando a morte chegar.

Os olhos de Freitas encontraram os de um menino na multidão. Era o sobrinho de Branquinho. O garoto apontou para cima e Freitas viu sua boca se mexer através dos vidros fechados. Imediatamente, as cabeças de todas as pessoas começaram a se voltar para onde ele estava. Pulmões se encheram de ar e armas foram brandidas. O grito em uníssono que tomou conta das ruas do Méier fez as janelas dos apartamentos vibrarem. Era um grito cheio de raiva, mas ao mesmo tempo carregado da esperança de milhares de pessoas que tinham sido relegadas ao esquecimento durante tempo demais e que, finalmente, tinham alguém em torno de quem se unirem.

Aquele único momento devolveu toda a certeza de que o detetive precisava. Ele se virou e segurou a mão de Vivian com firmeza, caminhando com ela em direção às ruas do Méier.

***

O veículo gasoso que o holovisor despejava começou sua espiral e logo a projeção tridimensional ganhou vida. A repórter do holonoticiário parecia genuinamente tensa e sua voz saía trêmula e pausada.

— Notícias de revoluções continuam a chegar de cidades-fronteira ao redor do mundo, seguindo o exemplo do ocorrido no Rio de Janeiro nas últimas semanas. Megacorporações de Nova York, Tóquio, São Paulo, Paris e muitas outras já se encontram sem comunicação, indicando que suas fronteiras já podem estar comprometidas. Segundo especialistas, a queda das redes de comunicação é o indício final de que os insurgentes conseguiram ultrapassar as defesas das Fronteiras. Repetimos: se houver falha nos sistemas de comunicação de sua cidade-fronteira, é um forte indício de que.....................

www.aveceditora.com.br